SHE IS IN LOVE WITH THE MOB!
霜月さんはモブが好き
ねえ！　くっつかないで！
あずにゃんったら反抗期かしら？
八神鏡
イラスト Roha
4

JN102632

中山幸太郎？
Kotaro Nakayama
霜月しほ
Shiho Shimotsuki
胡桃沢くるり
Kururi Kurumizawa

浅倉キラリ
Kirari Asakura
中山梓
Azusa Nakayama
北条結月
Yuzuk Hojo

目次

霜月さんはモブが好き④

著：八神鏡
イラスト：Roha

GCN文庫

口絵・本文イラスト／Roha

プロローグ　クリエイターになりそこねた『テコ入れヒロイン』の心配な学園ラブコメ

たとえば、この世界が『物語』だとするならば。

はたして主人公はいったい誰になるのだろうね。

残念ながら、その答えは彼――中山幸太郎《なかやまこうたろう》ではない。

この物語の主人公は、間違いなく彼のクラスメイトである『竜崎龍馬《りゅうざきりょうま》』だ。

……本来であれば『そのはず』だったのに。

当初は、複数のヒロインたちにひたすら愛されるだけの醜悪なハーレムラブコメが紡がれる予定だったと思う。

理由もなくモテる主人公。一人の絶対的な幼なじみヒロイン。妹属性、ギャル属性、清楚巨乳属性のバラエティ豊かなサブヒロインが配置されているところを見たら、作者が何を意図していたのかなんて丸分かりだ。

でも、いつの間にかこの物語の主人公は『主人公』ではなくなっていた。

綴《つづ》られるはずだったハーレムラブコメは、一人の『モブ』によって捻《ね》じ曲げられた。

『中山幸太郎』

どこにでもいるような、凡庸で冴《さ》えない少年。

当初の印象はそうでしかなかった。

卑屈で、臆病で、消極的で、見ているだけでイライラするような端役。

しかし、彼は驚くべきことに成長を遂げた。

宿泊学習ではハーレム主人公に下剋上《げこくじょう》を果たした。

文化祭ではクリエイターに一矢報いた。

許嫁《いいなずけ》騒動では母親という過去のトラウマを乗り越えた。

そうして彼は、モブから『主人公』へと成ったのである。

彼を……いや、彼と彼女の二人を見ていると、本当に考えさせられる。

主人公を『主人公』たらしめるのは、生まれ持った性質なのか。

あるいは──『メインヒロイン』に選ばれることが主人公を決定するのか。

今までは前者だと思っていた。

しかし、この二人を見ている限り、どうやら後者なのかもしれない……と、新たな発見にとてもワクワクしている。

争いがなければ英雄が生まれないように。

メインヒロインがいなければ主人公は発生しない。

つまり、ラブコメの中心に存在するのはメインヒロインなのだろう。彼女たちの意思によって物語が決定するのだ。

だとするのであれば、微《かす》かな懸念がある。

たとえば、物語の過程でメインヒロインが満たされてしまった場合、そのラブコメはしっかりと完結してくれるのだろうか――と。

二人の物語に、面白さの『余白』は残っているのだろうか――と。

ラブコメのゴールは『恋人になること』がほとんどだ。

でも、その前段階の時点でヒロインが『十分に幸せ』だと感じたのであれば、それ以上の事件やイベントは発生しない。

それは決して悪いことじゃない。

しかし、物語的に考えるとするなら……とても退屈だと思わないかい？

たとえば『恋人になるのは焦らなくていい』なんて理由で二人が付き合うことなく物語が進行したらどうなるのだろう？

最初はまだいい。だけど次第に二人の関係性は惰性でしかなくなるだろうし、それを読んで得られる『楽しさ』なんてたかが知れている。

ただただつまらない。山もなく、谷もない、退屈な物語なんて求めていない。

その程度で読者が……作者が……いや、ワタシが満足するとは思うなよ？

中途半端な形で『引き延ばし』のような状態になることを、許容できるわけがない。

故に、読者《ワタシ》は憂慮する。

『シホとコウタロウのラブコメはもっと面白くなるのか』

余計なお節介であることは分かっているさ。

二人の関係に水を差すことが無粋なのも理解している。

だけど、作者《ワタシ》の気持ちも想像してくれると嬉《うれ》しいよ。

変化をつけなければならない。二人のラブコメに抑揚をつける必要がある。

そうじゃないと物語が終わらない。延々とだらだら進行するのはよろしくない。

もしかしたら『打ち切り』のように、誰もが不本意な形で物語が急に終わることだってあるんだからね。

だから、そうだね……『もう一人ヒロインを追加する』とか、どうかな?

『ヒロインとうまくいきかけている主人公には、実はかわいくて素敵な幼なじみの女の子がいました』

なんていうテンプレを使って、退屈なラブコメにテコ入れさせてもらおうか。

三角関係のようになればこれからの展開にも期待できるからね。

さぁ、コウタロウ……キミは、きちんと恋物語《ラブコメ》を盛り上げることができるかな?

このまま退屈な作品にはしないでくれ。

読者として、作者として、ワタシはそれを心配しているよ——。

第一話
小さなすれ違い

十二月二十五日。

今日は一年に一度しかない、世界が祝福で満たされる記念日だ。

「メリークリスマス！」

白銀の少女が無邪気に笑う。

あどけない笑みは、見ているだけでほっぺたが緩むほどの多幸感に包まれている。

「やっぱりクリスマスは大好きだわ……わたしの好きなお料理がいっぱい！」

「すごく美味《おい》しそうだね」

現在、俺たちはしほの家に来ていた。

霜月《しもつき》家のクリスマスパーティーに誘ってもらったのである。

テーブルの上にはたくさんの料理が並んでいる。

ローストチキン、ピザ、サラダ、フライドポテト、コーンポタージュ、などなど……これに加えてケーキまで用意されているらしい。

見ているだけで食欲が刺激されるような、クリスマスらしいメニュー。

しかも、すべてが手作りだと言うから驚きだった。

どれもきっと美味しいんだろうなぁ。

「しぃちゃん、お皿を並べてあげて？　あなたはやればできる子でしょう？」

「うん！　わたし、やればできるっ」

しほの母親——エプロン姿のさつきさんが、追加で唐揚げを持って来る。

揚げたてで湯気が立っていて、香ばしい匂いが漂っていた。

そのせいか、隣から『ぐ～』という音が鳴った。

「わぁ……な、なんかすごいっ」

隣にいる梓《あずさ》が、目をキラキラと輝かせてテーブルの上をジッと眺めている。

実は本日、梓もクリスマスパーティーに参加していた。

ここに来る前には「べつに行きたくないし」と興味がなさそうだったのに、しほと同じくらいワクワクしていそうな表情を浮かべている。

「あずにゃんちゃんも、いっぱい食べてね？」

ふと顔を上げると、更に追加でパエリアを持ってきたさつきさんがいた。現実味を帯びない異常に綺麗《きれい》な顔が、今は梓を見ているからなのか優しく微笑《ほほえ》んでいる。

「あっ。ひゃ、ひゃい！」

一方、梓はぎこちない。おびえるように『びくん！』と体を揺らしていた。

それから、俺の洋服をつまんで身を寄せてくる。

……うちの義妹《いもうと》は内弁慶だ。家族の前や、仲の良いしほの前ではふてぶてしいけれど、知らない人の前では小動物みたいな態度をとる。

もちろん、相手を嫌っているわけじゃない。ただ単にそういう性質なだけである。

しかし、さつきさんはちょっと不満そうだった。

「……帰るまでには仲良くなるわ」

いや、不満じゃなくて、闘志をみなぎらせているのかな？

俺としても、さつきさんと梓が仲良くなるのはアシストしてあげたい。

「梓、大丈夫だから安心していいよ」

「……べ、べつになんでもないもんっ」

とか言いながらも、さっきからずっと俺から離れないのは、まだ不安だからかな。

うーん、どうやったら梓の緊張が緩むんだろう……と、考えていたら、お皿を持ったしほがやってきた。

「はい！　あずにゃん、どうぞ」

「え？　あ、うん。ありがとう……って、このお皿ちっちゃくない？」

「それはそうよ。だって、わたしが小学生のころに使っていたお皿だもの。どうせちょっとしか食べられないから、これでいいでしょう？」

「はぁ!? 子供じゃないんだからね! 梓はいっぱい食べられるもん!」

「うふふ♪ はたしてそれはどうかしら」

「ぐぬぬっ。む、むかつく……! 絶対に、霜月さんよりもいっぱい食べてやる! これじゃあ小さいから、お皿を取り換えてくるね」

……って、なんだ。

しほが話しかけた途端に、梓の緊張が解けた。

鼻息を荒くして、さつきさんに子供用食器を返却しに行っていた。

「あ! ちょっと待って、イタズラだから……お願い、ママには言わないでー!」

そんな梓の後ろをしほが追いかけている。

もちろん、台所とリビングの距離は近いので間に合わず、しほの悪事はさつきさんにバレてしまった。

「しぃちゃん、くだらないことをやってないで早くしなさい」

「ご、ごごごめんにゃさいっ」

「ぷぷー! 霜月さんが怒られてる……楽しいなぁ♪」

「むぅ。覚えてなさい? 後でこっそりイタズラしてやるわ」

「あ、さつきおねーさん、霜月さんが意地悪する～」

「ちょっ!? ママ、わたしは何もやってないからね!」

~w

「え？　おねーさん？　あらあら、そうね……おねーさんって呼んでくれるなんて、あずにゃんちゃんはいい子ね。ええ、分かったわ。ちゃんとしぃちゃんを叱っておくからね」

「うん！　ありがとう、さつきおねーさんっ」

「ええ、おねーさんに任せて」

「ウソだわ、ママがちょろすぎる！」

結局、しほのイタズラがきっかけで梓はさつきさんへの人見知りを克服していた。

……心配する必要は、やっぱりなかったかな。

霜月家と梓の相性は良さそうだ。

あの子は人あたりの良いタイプではないけれど、これならきっと……この先もずっと、霜月家と良好な関係でいられるだろう。

(良かった……)

俺としほの関係は、これからも続くと信じている。

だから、梓も含めて……家族みんなが仲良くしている光景は、とても素敵だった。

(少し先、か)

無意識にそのことを考えている自分がいることに気付いて、思わず笑ってしまった。

以前までのモブを演じていた『中山幸太郎《なかやまこうたろう》』であれば、将来のことなんて考える余裕がなかった。いや、考えようとしても霧がかかって何も見えなかった。

しかし、演じることをやめた今の『中山幸太郎』には、ちゃんと視認できている。

自分自身を受け入れて、優しくできるようになったからこそ、自らの『幸福』を考えてあげられるようになったのだろう。

それはすごく嬉《うれ》しい。

とはいえ、だからこそ……今後のことで、不安がないわけでもなかった。

（しほのお父さんと、仲良くなれるかな）

やっぱり、愛娘《まなむすめ》と仲良くしている俺に対して、父親であれば少なからず複雑な気持ちはあるだろう。

『嫌われたくない』

その対象はしほだけじゃない。

家族である梓や、親族の叔母さんはもちろん、それに加えて未来で身内になるであろう、しほのご両親にも『好かれたい』と祈っている自分がいた。

このクリスマスパーティーで、失敗することはできない。

しほのお父さんに、認めてほしい……さっきからずっとそのことばかり考えて、どうも落ち着かなかった。

これは、メンタル的にあまり良くない状態なのかもしれない。

その自覚はある。でも、どうにもできなくて、モヤモヤしていると……不意に誰かが後ろから飛びついてきた。

「もうやだ！　幸太郎くんバリアでママのお説教をガードするわっ」

さつきさんのお小言にしびれを切らしたしほが、俺の後ろに隠れたようだ。

「幸太郎に甘えるなんてずるいわね」

「さつきおねーさん、うちのおにーちゃんも怒っていいよ？　昨日ね、梓が嫌いなピーマンを残そうとしたら、ダメって言ってデザートを取り上げてきたの」

「え」

「……それはあずにゃんちゃんが悪いわね」

「ピーマン、美味しいじゃない。幸太郎が正しいわ」

「えー!?　ご、ごごごめんなさい～」

あれ？　今度は梓がさつきさんに謝る流れになっていた。

なるほど、お料理好きなさつきさんだから、好き嫌いには厳しいのかもしれない。

「ナイス！　さすがわたしの幸太郎くんね。守ってくれると信じてたっ」

「何もしてないけどね」

「えへへ～」

……やっぱり、今日のしほはいつもより子供っぽいというか、あどけない。

表情も緩いし、雰囲気もふわふわで、とても無防備だった。今も、後ろから俺に抱き着いたまま、離れようとしない。

しほはずっとくっついている。

もちろん、それは嬉しいけれど……現在、時刻は十九時。そろそろ、仕事終わりでしほのお父さんが帰って来るタイミングだと思うので、早めに離れてもらって……と、考えていたのに。

「ただいま」

——気付かなかった。

ハッとして顔を上げる。リビングの入口には既にいた。

「あ！　おかえり、あなたっ」

途端にさつきさんの表情が色めく。最愛の人の帰宅を心から喜んでいる。

その人物はやっぱり——しほのお父さんだった。

もちろんすぐに挨拶しようと、口を開いた。

「…………っ」

でも、その顔つきや体形が、あまりにも……なんていうか、想定をはるかに超えていたので、思わず息をのんでしまった。

しほとさつきさんを見ていたからだろう。

彼女たちの身内であるなら、もっと常人離れした容姿に違いないと思い込んでいた。

でも、しほのお父さんは、二人のイメージとはかけ離れた容姿だったのである。

『丸い』

最初の感想がそれだった。

身長は俺と同じくらいながらに、ぽっちゃりとしていてシルエットが丸かった。

顔つきもしほやさつきさんみたいな美人系と違って、愛嬌《あいきょう》のあるタイプだ。

緊張感とは縁のないデフォルメ調の容姿。

見ているだけで力が抜けるような安心感と、脱力感がある。

もちろん、しほの肉親なので顔立ちも整っているようには見える。しかしながら、フォルムが丸っこいせいで、どうしてもかわいらしさの方が勝るのだ。

猫型ロボットとか、アンパンが美味しいヒーローとか、そういうイメージに近いかもしれない。子供に好かれそうな見た目である。

「いやー、遅くなってすまないね」

「まったくよ。幸太郎とあずにゃんちゃんも来てるんだから、もっと早く帰ってきて。あと、私もいるんだから、毎日十七時には帰ってきた方がいいのに。帰りが一分でも遅くなったら浮気したのかと思ってなんだか落ち着かないわ。思わず連続で電話しちゃいそうになるの」

「あはは。さっちゃんの愛はいつも重いねぇ……ちなみに僕の終業時刻は十八時だよ」

しほのお父さんが朗らかに笑う。とても優しそうな表情だ。

これなら、俺のことも嫌いにならないでくれるかな……と、微《かす》かな期待を浮かべるものの、ふと背中に柔らかい感触があることを思い出して、硬直した。

（そういえば、しほに抱き着かれたままだ……！）

自分の愛娘が、初対面の男性とイチャイチャしているところを見た場合、父親であれば悪い気分になってもおかしくない。

「……ん？」

そして、しほのお父さんはこちらを見た瞬間、柔和な笑みを消したのである。

間違いなく、機嫌を損ねていた。

娘をたぶらかす悪い虫を見つけたかのように、表情を険しくしたのである。

「あ、あの、これはっ！」

慌てて言い訳の言葉を口に出そうとする。しかし何もできないまま、あたふたとしていたら……しほのお父さんが、ゆっくりと近づいてきた。

「君が――幸太郎君だね？」

もう、言い逃れはできない。

「……はい。ご挨拶が遅れて申し訳ありません。中山幸太郎です。娘さんといつも仲良くさせてもらっていますっ」

最低限、印象が悪くならないように頭を下げたけど……そんなものは焼け石に水程度の効果しかないだろう。

これからきっと、しほのお父さんは烈火のごとく怒るはずだ。

でも、これぱっかりは仕方ない。せめて少しでも場が暗くならないように、しほのお父さんの気持ちを甘んじて受け止めよう。

そう、覚悟を決めて顔を上げる。

しほのお父さんは、もう眼前にいた。

「本当に、本当に……！」

それから、ガバッと両手を上げて覆いかぶさってくる。

え？　い、いきなり手を出すのは、さすがに――と、慌てたけれど。

しかし、それは逆に失礼な勘違いだった。


「――本当に、会いたかったよ」


そう言って、しほのお父さんは……俺を『抱きしめる』。

ふくよかで、しほ以上に柔らかい体に包みこまれた瞬間、不思議な感覚に囚《とら》われた。

（暖かい）

木漏れ日のような、心地良い暖かさが全身に広がる。

先ほどまで緊張していた体と心が、一瞬でほぐれて……思わず、その場に座り込みそうになるほどで。

「ありがとう。娘と仲良くしてくれているみたいだね……しぃからいつも話を聞いているよ。大切な娘が、君みたいな少年と出会えたことを、僕は心から喜んでいるんだ」

かけられる言葉に、体が弛緩《しかん》した。

まるで、しほの笑顔を見ている時みたいに、心が和やかになったのだ。

「いえ、そんな……俺こそ、いつもしほには助けてもらってます」

「……いい子だ！　うぅ、君はいい子だー!!」

それから、感極まったと言わんばかりにしほのお父さんが号泣した。

さっき、表情が険しくなったのは、怒ったからじゃない。

泣くのを我慢していたから、ああいう顔になっていたのかな？

そう気付くと、必要以上に緊張して、警戒して、不安になっていた自分が恥ずかしくなった。悪い癖が出ていたのかもしれない。

また俺は、変に考えすぎてしまっていたようだ。

「ぱ、パパったら……恥ずかしいわ。幸太郎くんを困らせないでっ」

「ごめんごめん、でも、嬉しくて……うぅ、すまないね幸太郎君。年を取ると涙もろくなってしまうんだよ」

「あなたは昔から涙もろかったでしょう？　いつだって泣いてばかりじゃない。そういうところも大好きだけれど」

「あはは。さっちゃんは優しいねぇ……あぁ、すまない。おじさんに抱き着かれて困らせてしまったかな？」

それから、しほのお父さんはゆっくりと離れた。

改めて、俺と向き合ってから、握手を求めるように手を差し出してくる。

「霜月樹《いつき》だよ。気軽に『樹さん』と呼んでくれ。なんなら『おとうさん』でもいいね。将来的には君の『お義父《とう》さん』になるかもしれないから」

「こら。あなた、そういうことは本人たちのプレッシャーになるから言わないでおこうって、昨日決めたわよね？」

「……あ、そうだった。でも、仕方ないだろう？　すごく嬉しいんだから」

そして、しほのお父さん——樹さんは、俺の返事を待たずにこちらの手をつかんで握手してきた。

その姿が初めて出会ったころのしほを想起させる。

あの時、彼女は『友達になろう』と言って、強引に手を重ねてきたっけ。

（……似てる）

容姿がじゃない。内面が、しほにそっくりだ。

そういえば気になっていたのだ。

しほは意外と子供っぽい。綺麗すぎて刺々《とげとげ》しさすら感じる容姿に反して、その本性は柔らかくて丸い。その『ギャップ』に微かな矛盾を覚えていた。

どうやって、正反対の性質を獲得できたのだろうか——と。

容姿は母親から。

内面は父親から。

それぞれのいいところを引き継いだみたいだ。

「……さぁ、幸太郎君！　一緒にごはんでも食べようじゃないかっ。たくさん食べてくれよ？　さっちゃんの手料理はとてもおいしいからね。ほら、僕のおなかを見たら分かるだろう？　おいしすぎていつも食べすぎちゃうんだよ。本当は、しっかりとダイエットしたいんだけどねぇ」

「あなたはコロコロしてた方がかわいいわ」

「あはは！　信じられないかもしれないけど、昔はもう少しかっこよかったんだよ？　さっちゃんと結婚して一気に丸くなってしまったんだよなぁ」

「その方が浮気できなくていいじゃない」

「……子供のころは女の子に見られることもあったくらいの顔だったらしいけどなぁ。さっちゃんの作戦に引っかかって今ではマスコットキャラクターみたいになっちゃったよ。職場でも、通りすがりの子供たちが集まってきてたいへんなんだ。あ、僕は警備の仕事をしているんだけどね――」

……ああ、しほのお父さんだなぁ。

この、次から次へと言葉を重ねてくる感じが、しほとそっくりだ。

そしてたぶん、俺と同じ感想をあの子も抱いたのだろう。

「あの、初めましてっ。おにーちゃんのいもーとです！」

初対面の人には、必ずと言っていいほど人見知りをする梓が、樹さんには珍しく自ら声をかけていた。

「ああ！　君があずにゃんちゃんだね？　よしよし、いい子だ。小学生かな？　かわいいじゃないか。いっぱい食べて、ちゃんと大きくなるんだぞ」

「梓は高校生だよ？　霜月さん……えっと、しほさんと同じ年齢だもんっ」

「え!?　う、うちのしぃより子供っぽい高校生がいるなんて……！」

「子供っぽくないよ!?　しほさんよりは大人だからね!!」

あと、樹さんは子供と話すのがかなり上手に思えた。

なんというか、俺の母親みたいな『大人特有の圧』を感じさせない。

だからこそ、あの梓が初対面から素で会話できているのだろう。

「ずるいわ。あなた、あずにゃんちゃんは私がかわいがってるのよ？　奪わないで」

それから、樹さんと仲良くする梓との間に、さつきさんが割って入ってきた。梓を抱きしめて、樹さんを威嚇している。

「あと、浮気しないで」

「えー？　あずにゃんちゃんには嫉妬しないでくれよ」

「この子は好き。でも、ダメなものはダメ」

「はにゃっ。うぅ、さっきから撫《な》でられてばっかりでくすぐったいっ」

なんていうか……三人を見ていたら、胸が温かくなった。

良かった。やっぱり梓は、霜月家のみんなと仲良く接することができると思う。

そして俺のことも、さつきさんと樹さんは受け入れてくれている……だからこれからもきっと、良好な関係を続けることができるだろう。

そう確信できたので心が軽くなった。

「……落ち着いた？」

さすが、鋭い。俺が安堵《あんど》の吐息をこぼした瞬間にしほが囁《ささや》いてきた。

未《いま》だに後ろから抱き着いたままの体勢で、彼女は俺にしか聞こえない声を発する。

「幸太郎くん、家についてからずっと緊張してたみたいだけど……今はドキドキが止まってるわ」

そういえば、先ほどから静かだなと思っていたけれど、彼女はどうやら俺の心音を聞いていたらしい。

「うちのパパとママ、素敵でしょっ？」

「うん。今日、会えて良かったよ」

「それなら良かったわ。えへへ～♪」

ご両親が褒められて、しほも嬉しそうだ。

よし。不安はなくなった。

これなら、クリスマスパーティーも心から楽しめそうだった――。

◆

幸福な時間が過ぎていく。

美味しいごはんを食べて、さつきさんと樹さんの質問攻めにあいながら、食べ過ぎて動けなくなった梓としほの介抱をして……と、そうやってパーティーを楽しんでいたら、あっという間に夜が深まっていた。

「名残惜しいけど、そろそろ帰る時間だね。さっちゃん、頼めるかい？」

「ええ。二人とも、車で送っていくから準備して」

二十二時を過ぎて、パーティーはお開きとなった。

「あ、残っているお料理、持って帰る？」

「いいの!?」

「もちろん。好きなものを持って帰ってね」

「じゃあ、えっと～……全部！」

「あ、あずにゃんちゃんっ。明日の僕のお弁当分くらいは残してくれないかなぁ？」

すっかりさつきさんにも慣れた梓が、甘えるようにおねだりしていた。

あれだけ食べたのに……しほと同じくらい、梓も食い意地が張ってるよなぁ。

「幸太郎くん、時間がかかりそうだから、先に外に出ておきましょう？」

「え？　あ、うん、分かった」

不意にしほが袖を引っ張ってくる。

一瞬『寒いから中で待っていた方がいい』と思い浮かんだけど、すぐに彼女の意図を把握して頷《うなず》いた。

『二人きりになりたい』

その思いを想像できない人間ではもうなくなっているのだ。

「さみゅいっ。やっぱり、冷たいわ」

一応、コートを着て外に出てはみたけれど、予想通り寒かった。

でも、火照《ほて》った体にはこの冷気が心地良い。

幸いにして今日は晴れていたので、星がよく見える。

ぼんやりと空を眺めていると、しほもつられるように上を見上げた。

「……とても、楽しかったわ」

ぽつりとしほが呟《つぶや》く。

「パパとママも、すごく嬉しそうだった……実はね、二人には心配かけちゃってたの。わたし、ずっとお友達がいなかったから」

しほの親として、さつきさんと樹さんは娘の状態を誰よりも把握していたのだろう。

だからこそ、孤独だったしほを心配していたに違いない。

「パパなんて、泣いちゃうほど喜んでたわ」

「そうだね。あれは、ちょっとびっくりしちゃった」

「うん……泣いちゃうくらい、わたしのことを心配していたってことなの」

親の心、子知らず。

そういうことわざもあるけれど、しほはちゃんと分かっていたようだ。

「安心させてあげられて良かったわ。これも全部、幸太郎くんのおかげよ……ありがとう。本当に、本当に、あなたと出会えて良かった」

そう言って、しほが屈託のない笑みを浮かべる。

心から満たされているような、幸福感にあふれた笑顔。

その笑顔を見ていると……逆に俺は、物足りなさを覚えてしまうから、不思議だった。

(もっと、先へ――)

今、欲望のままに彼女を抱きしめられたら、どんなに幸せなことだろうか。

……ああ、違う。『物足りなさ』という表現では、文字通り物足りない。

これは『渇望』だ。

俺は、しほという存在を、今よりもさらに求めている。

(友達のままでは、収まらない……)

不意に爆発した愛情に、のどが詰まる。

何も言えなくなって、しほのことを見つめていたら……視線に気付いたようで、彼女もこちらを見つめてくれた。

「…………?」

きょとんと、彼女は首をかしげる。

俺の視線を受け止めて、不思議そうな表情を浮かべている。

でも、次の瞬間――難しいことなんてどうでもいいと言わんばかりに、しほの表情が緩んだ。

「えへへ～」

再び浮かぶ、満面の笑み。

物足りない俺とは対照的に、彼女は満ち足りた表情を浮かべていた。

それが、俺の心にブレーキをかける。

（──落ち着け。しほは今で十分、幸せそうなんだから……焦るな）

昼間のことだ。

彼女に告白して『心の準備ができるまで待って』と言われたのは。

慌てる必要はない。どうせ、しほとはこれからも長い付き合いになる……そんなこと、分かっている。

それなのに気持ちが先走るのはなぜなのだろう？

こんな感情、抱いたことがないから自分でも困っていた。

「幸太郎くん、手を握ってもらってもいい？」

でも、しほは気付いていない。

俺が小さなもどかしさを覚えていることを、彼女は『聞いて』いない。

かつて、音に敏感だった少女は……しかし今は、音に注意しなくても大丈夫なくらいに安心感を覚えていて、そのせいで少しだけ鈍くもなっている。

だからこそ、隠せてしまう。

これがいいことなのかどうかは、正直なところ判断がつかない。

しかし……しほが幸せであることが俺にとっても幸せなのだ。

俺たちのラブコメにテコ入れは不要。

だって、今で十分に満たされているのだから。

今はまだ、気持ちに蓋をしておこう。

いつか、彼女の準備が整った時に、取り出せばいいだけの話だ。

「……いいよ。冷たくならないように、ちゃんと握ってる」

「うんっ」

感情を抑えて、彼女の指を握る。

「……幸太郎くん、ちょっとだけ力が強いわ」

無意識だった。

しほが身を揺らして、やっと俺は力加減を間違えていることに気付く。

「あ！　ご、ごめんっ……痛かった？」

「ううん、痛くはなかったわ。でも、わたしは優しい方が好きだから」

繊細な少女は、強引な手段を好まない。

少しでも変に力を加えてしまうと、壊れてしまうかもしれない。

だから、大切にしよう。

（いつ、関係が進展するのかなんて、考えるのはやめろ）

それが変な焦りを生んでいるのかもしれない。

考えすぎてしまうのは俺の悪い癖だ。

（もしかしたら、いつか恋人になるのが怖くなるかもしれない……なんてことは、ありえないよな）

自分に言い聞かせる。

そうしないと、不安になりそうだったから。

「…………っ！」

でも、そんな時にしほがいきなり手を離したから、動揺した。

俺の指を振り払うようにほどいたのである。

もしかしてまた力が強くなっていたのだろうかと、慌てて謝ろうとしたら……しほが道路の方を見ていることに気付いた。

「幸太郎くん、何か物音が聞こえなかった？」

「物音？」

「ええ。誰かが、いた気がして……」

先天的に聴覚が発達している彼女は何かしらの音をとらえていたらしい。

しかし、視線の先には誰もいなかった。

「ごめん、俺には分からなかった」

「だ、だったら、幽霊ってことかしらっ。べ、べべべつに怖くなんてないのだけれど、ちょっとなんていうか、苦手というか、嫌いというか！」

とは言っても怖がっているのがバレバレである。

「ちょっと、おにーちゃん！　いっぱいもらったから、荷物持ちして～」

そして、ちょうどタイミング良く家の中から梓が声をかけてきた。

「あ！　あずにゃんがわたしの分も残したのか確認しないと……け、決して怖いわけじゃないからね！　幽霊くらい余裕だけど、一応家に戻っておくわっ」

しほは渡りに船と言わんばかりに、すぐさま玄関へと引き返した。

もう彼女はこちらを見ていない。

「…………」

玄関の扉を開けるしほの手を見つめながら、俺は自分の手をぎゅっと握った。

掌《てのひら》にこびりつく名残惜しさを、握りつぶすように――。

第二話　男友達だと思っていた幼なじみがかわいい女の子だったというテンプレ

——すぐにこれは夢だと気付いた。

だって、目の前に懐かしい顔が見えていたから。

「こーたろーはほんとーに『なきむし』だな」

彼はやれやれと言わんばかりに肩をすくめて、泣きじゃくる俺を励ましてくれていた。

「『おとこ』だろ？　だったら、もっとちゃんとしろよ」

いったい何年前の記憶なのだろう？

たしか、俺が六歳のころだったから……十年前になるのか。

「おかーさんがしゃべってくれなかったからって、そうなくなよ。おれなんていつもおこられてるぞ？　らんぼーとか、やばんとか、もっとおとなしくしろとか、そんなことばっかりいわれてる」

「……りーくんはなかないの？」

「なかねぇよ。だって、おれはつよいからな」

「いいなぁ。かっこいい」

「べ、べつにかっこよくはねぇだろ……ふつーだからなっ」

幼いころの俺は母に冷たくされてよく泣いていた。

自分が無能だから見放されたと、そう思い込んでいた。

まぁ、少し成長した今なら分かる……当時、母は俺の実父と離別したばかりだった。

離婚なのか、死別なのか、それは分からない。母は父親のことを決して語らないから。

まぁ、いずれにしても大きな心境の変化があったのだろう。

それまで俺を叱ってばかりいた母が、急に冷たくなったので子供ながらに戸惑っていたのだ。

そんな俺を慰めてくれたのが、公園で偶然出会った『りーくん』だった。

正直なところ、十年前の出来事だから記憶はだいぶ曖昧だ。

彼の顔も細部は覚えていないので、どこかぼんやりしている。

でも、後ろ向きにかぶった帽子と、深紅の瞳がとても綺麗《きれい》だったことは、鮮明に覚えていた。

「ほら、ハンカチかしてやるから……も、もうなくのはやめろよ。こっちまで、なんかなきそうになるんだよ」

「……ごめんね」

「あ、ちがっ。べつに、せめてるわけじゃなくて……あー、もう！　こーたろーはめんどくさいなほんとにっ」

「うぅ……め、めんどくさくて、ごめんなさいっ」

「…………な、なくなよ、ばかっ」

今にして思うと、俺は本当に面倒な子供だった気がする。

繊細で、泣いてばかりで、いつも陰気で……それでもりーくんは、俺のことを見捨てないでくれる、優しい子だった。

「もうくらいから、かえったほうがいいぞ」

「やだ……おうち、かえりたくない」

「ったく、しかたねぇな……ほら、ひっぱっていってやるから、てをだせ」

「でも、よる……こわい」

「はぁ？　じゃあ、おれが『おまじない』をかけてやるよ」

「おまじない？」

「『てをにぎっていたらこわくなくなる』っていうおまじないだ」

たしかに性格は温厚ではなかった。

言葉は荒かったけど、それにしては優しい力で俺と手をつないでくれた。

それから、彼の手が思ったよりも小さくてぷにぷにしていたことも、なぜかちゃんと記憶していた。

「ほら、これでだいじょーぶだろ？　まだこわいか？」

「……たぶん、だいじょうぶかもっ」

安心した。

彼の手を握っているだけで、心がとても落ち着いたことをよく覚えている。

「こーたろーはほんとーにダメなやつだな」

「ごめんね？　こんなぼくといっしょにいてくれて、ありがとっ。りーくんはやさしーから、だいすき」

「ば、ばかっ……おれはべつに、すきじゃねーからな！」

そう言いながらも、彼はいつも俺の隣にいてくれた。

母親のことで傷ついて、逃げるように公園に行ったら、いつだって彼はブランコに座って俺を出迎えてくれた。

泣き虫な俺を元気づけるように、りーくんはいつも力強い言葉をかけてくれたのである。

それから『こわくなくなるおまじない』もよくかけてくれた。

夜道を歩く時や、母に叱られておびえている時、りーくんが手を握ってくれたら、すぐに元気になれた。

救われていた。

いつも独りぼっちだったあのころ、彼の存在は俺にとって支えでもあった。

もしかしたら、唯一……俺の『友達』と言っていい存在だったのかもしれない。

でも、そう思っていたのは俺だけだったのだろう。

りーくんは俺にうんざりしていたと思う。

たまたま公園で遊んでいたら、いつも俺が来るから、仕方なく相手をしてくれていただけだったのかもしれない。

そうじゃないとおかしい。

だって彼は、何も言わずに消えてしまったから。

もし、彼も俺を友達だと思ってくれていたなら、さよならくらい言ってくれたと思う。

九歳のころ、いつものように公園に行ったらりーくんはいなかった。

その日を境に、彼とは会うことができなくなったのである。

思い返してみると、りーくんは俺に何も教えてくれなかった。

結局、俺は彼の本名も知らない。

俺の前では決して帽子をとらなかったので、髪型も分からない。

どこに住んでいるのか、何が好きなのか、どこの学校に行っているのかも、彼はずっと秘密にしたままだった。

一方的じゃなくて、彼にも俺のことを友達だと思ってほしかった。

もっと、仲良くなりたかったなぁ……と考えたころに、ふと意識が覚めた。

「…………」


ぼんやりと目を開けて、りーくんの夢を思い出しながら、自分の手を天井に掲げる。

昨日、しほとつないだ感触はまだ残っている。

だけど、同じくらい……りーくんに握られた感触も、忘れていない。

なんとなく、物足りなさを覚えている。

しほもそうだし、りーくんの手も、ずっと握っていたかったなぁ……と。

もしかしたらその二つが関連して、彼の夢を見てしまったのだろうか？

懐かしい。あと、少しだけ寂しい感情がこみあげてくる。

これは、りーくんと急に会えなくなったことを思い出したからなのか。

あるいは、しほとの関係性についてなのか。

いや……もしかしたら、二つのせいかもしれない。

◆

――それから少し、時が流れて。

一月中旬。冬休みが終わり、学校が再開した。

「ふわぁ……幸太郎《こうたろう》くん、ねむたーい」

「休み明けはいつも眠そうだよね」

「だって、ゲームのせいで昼夜が逆転しちゃうもの。最近ね、水鉄砲でインクを撃ち合うゲームの続編が発売されて、もうやめられなくなっちゃっているわ」

朝、少し眠そうなしほと並んで歩いて、学校へ向かう。

新学期初日。遅刻を恐れたしほに『迎えに来て』とお願いされていたので、今日はちょっとだけ早起きして彼女の家に向かったのだ。

しほの家から学校までは歩いて行ける距離にある。

いつもであれば、彼女は母親のさつきさんに車で送ってもらっているらしいけど、今日は間に合いそうだったので一緒に歩いていた。

「あずにゃんはちゃんと起きてた?」

「いや、寝てたよ。声をかけたら『おにーちゃんのばかっ』って怒られたから、そのまま起こさないで出てきた。たぶん、今頃慌てて準備してると思う」

「あらあら、ダメな子だわ。優雅なモーニングコールでもかけようかしら……あ、もしもし? あずにゃん、おはよう。え? 用事があるのかって? べつにないわ。ただ、遅刻しそうなあなたへのエールを送りたかっただけよ」

イタズラっぽく笑いながら電話をかけるしほ。

おそらく、通話中の梓《あずさ》は遅刻しそうで焦っているのだろう。

しほがいつも以上にとても楽しそうだった。

『うるさいばかー！』

「……耳が壊れちゃうわ」

ただ、からかいすぎである。

耐えきれなくなった梓の大声が俺にまで聞こえてきた。

大音量のせいでしほは左耳を押さえて涙目になっている。

「けんかもほどほどにね」

「けんかじゃないわ。知らないの？　争いは同じレベルでしか起こらないのよ」

「だから言ってるんだけどね。二人とも、成績は同じくらいじゃなかった？」

「……え？　耳が壊れてるから、聞こえないわ」

「都合がいいなぁ」

いつものようにのんびりとしたやり取りを交わして、頬を緩める。

休み明けとはいえ、なんだかんだ冬休みは頻繁に会っていたので、久しぶりという感覚もない。

新年の初詣《はつもうで》はしほが早起きしたくないという理由で行かなかったけど、お正月にはもう一回霜月《しもつき》家にお邪魔して食事を食べた。

それ以外の日もしほが中山《なかやま》家に遊びに来ていたので、お互いにぎこちなさもなく普段通りだった。

「そういえば、幸太郎くんは千里《ちり》おばちゃまからお年玉もらった？」

「ああ、うん。昨日会った時にもらったよ……ついでに母さんからもなぜかもらった。あの人、毎年くれないのになんでだろう？」

「ふーん。ちなみにおいくら？」

「十万」

「じゅっ……!?」

しほが目を丸くして驚いている。

気持ちは分かる。俺もポチ袋を開けた時に自分の目を疑った。

千里叔母さんから三万。母から十万。合計十三万円。

叔母さんの方は、俺に対してなんだかんだ甘いので、毎年これくらいくれるけれど……母さんの意図が分からなくて困惑する。

前に叔母さんの経営するメイドカフェで話し合いをして以来、連絡一つないのに、どういう心境なのだろう？

まぁ、いきなり大金をもらっても、使い道があるわけじゃないので銀行に預け入れておいた。いつか、必要になった時に使わせていただこうかな。

今のところあの人から干渉されることもない。定期的に叔母さんに会って母の様子も聞いているけれど、事業が持ち直して今はとても景気が良いらしい。

とりあえず、それならそれでいいや。

日常が穏やかであるなら、それで十分なのだから。

「あふぅ」

会話が途切れて、しほがもう一度あくびをこぼす。

眠そうな目をくしくしとこすりながら歩いているせいか、少しだけ足元がおぼつかない。

ちょっと注意した方がいいかなと、気付いた時にはもう遅かった。

「…………ぁ」

案の定、足を絡ませてつまずいた。

「しほっ」

手を伸ばすことすらできなかった。

不意に彼女の体が倒れたので反応できなかったのである。

このままだとしほが転んでしまう……と、慌てた時。

「ちょっと、危ないわね」

俺ではない手が伸ばされた。

誰かがしほのお腹《なか》を抱きしめるように後ろから手をまわして、彼女の体を支えている。

良かった。とりあえずしほが怪我《けが》をせずにすんだ。

「ありが――」

お礼を言おうと顔を上げる。

しかし、そこにいた女子生徒があまりにも特徴的で、思わず口を閉ざしてしまった。

「……気をつけなさいよ」

ぶっきらぼうな声と、俺たちと同じ制服を着用している点は普通だ。

身長はしほよりもやや大きい程度。体形はかなり細いように見えるけど、手足はすらりと長い。おかげで、少し前までの梓みたいなツインテールでも、幼くは見えない。

とはいえ、あくまでそれらは目立つ要素ではないだろう。

それなのに、俺が無言になるほどの衝撃を受けたのは……彼女の髪色が原因だ。

「ピンク？」

体を支えられたまま、しほが彼女を見て小さく呟《つぶや》く。

そうなのだ。しほを助けてくれた女子生徒の髪の毛が、鮮やかなピンクだったのである。

まるでアニメやマンガに出てくるヒロインみたいに派手だった。

「ねぇ、あんたはお礼も言えないの？」

一方、ピンク色の少女は表情を変えない。

「え？　あ、うん。ありがとう、助かったわ」

「……ふーん？　素直なのはいいけど」

何かを見定めるように、彼女はジッとしほを見つめている。

「んにゃ？　あの、何か用事？」

「べつに？　ただ、あんたを見てるのよ」

「そうなの……ちょっと恥ずかしいわ」

「……かわいいわね。うん、見た目は合格」

何を見て判断したのだろうか。

彼女は満足そうに頷《うなず》いてから、今度はしほから目線を外してこっちを向いた。

「でも、見た目がいいからって中身がいいとは限らないわよ？　気をつけなさい」

「…………へ？」

まるで、旧知の仲であるかのように話しかけてくる少女。

それにまず驚いて、それから彼女の瞳を見てから驚愕《きょうがく》した。

『深紅』

透き通るようなルビー色の瞳に息をのんだ。

綺麗だからではない。いや、単純に美しいとは思う。でも、そういう意味ではなく……

この瞳の色には、見覚えがあったのだ。

偶然か？

まさか、ついこの間に夢で見た相手と同じ瞳を持つ人間と出会うなんて。

いや、でも『りーくん』は男の子だったはず。

だから彼女は関係ない。そう頭では理解しているのに……なぜか、懐かしい感覚を思い出してしまって、胸がいっぱいになったのだ。

「はぁ……変わんないわね。そのキョトンとした顔、ほんとにむかつく」

それから、ピンク色の少女は肩をすくめる。

しほの体をそっと離して、彼女は俺たちに背を向けた。

「じゃあ、またあとで」

こちらの返事も待ってくれなかった。

ピンク色のツインテールを揺らしながら颯爽《さっそう》と歩いている。

その後ろ姿を呆然《ぼうぜん》と見送っていたら……隣のしほが、ぽつりと呟いた。

「——あれ？　わたし、緊張してなかった？」

自分の胸に手を当てながら、しほもまた俺と同じように呆然と立ち尽くしている。

「音が、なんか……綺麗な人だったの」

「綺麗？」

「うん。幸太郎くんとはちょっと違う種類だけど……好きな音だったわ」

言われて、思い返してみると……そういえば、しほは彼女に触れられても自然体だった気がする。

俺と交流するようになって、しほの警戒心が緩んでいるとはいえ、だからといって彼女は他人が得意というわけじゃない。

それなのに、しほはピンク色の少女に対して緊張していないように見えた。

俺や梓に対する態度と同じように、いつも通りだったのである。

「こんなの……幸太郎くん以来の、二人目だわ」

初対面の人間に対してしほがそんなことを言うなんて初めてだ。

いったい彼女は何者なんだ？

そして、どうして俺は……彼女を見て、かつて友達だと思っていた『りーくん』を思い出してしまうのだろうか。

正直なところ、この不思議な出会いにはかなり驚いている。

しかも、この直後に転校生として彼女を紹介されたのだから、驚きは更に倍増した。

「胡桃沢《くるみざわ》くるりよ。よろしくね」

教室中の視線を浴びてなお、ピンク色の少女は凛《りん》として佇《たたず》む。

その燃えるような深紅の瞳は、なぜか俺をまっすぐに見つめていた――。

◆

『胡桃沢くるり』

時季外れの転校生という点では、メアリーさんと似ているかもしれない。

しかし、決定的に違うのは彼女が人付き合いに積極的ではないことである。

「ねぇ、胡桃沢ちゃんってなんでピンクなの？」

「き、キラリさん！　彼女は不良さんですっ。近づいたら危ないですぅ」

休み時間のことだ。

メアリーさんが転校してきた時は、席の周りに人だかりができていたけれど……胡桃沢さんの周りには、二人しかいない。

「……うるさいわね。べつになんでもいいでしょ？」

どうしてこうもメアリーさんと違うのか。

その理由は、とにかく胡桃沢さんが不愛想だからだろう。

常に眉尻が吊《つ》り上がっているし、唇も固く結ばれていて、不機嫌そうである。そのせいでみんな怖がっているように見えた。

「つまり、アタシはこれから胡桃沢ちゃんのことを『ピンクちゃん』って呼んでいいの？」

ただし、キラリは例外だ。胡桃沢さんがめんどくさそうにしていても気にせず話しかけている。それが心配なのか、少し離れて結月《ゆづき》が見守っている、という構図だ。

「『つまり』の言葉の使い方が分からない人間にあだ名なんて許さないわよ」

「ほ、ほら！　キラリさん、彼女はやんきーさんですからっ」

「……べつにヤンキーじゃないけど？」

「ひぃいいい！　ご、ごごごめんなさい～」

「にゃはは！　ゆづちゃんがヘタレすぎて面白い件について」

「はぁ……うるさいわね。どこかに行きなさいよ」

ため息をこぼして、胡桃沢さんがそっぽを向く。

彼女の周囲には薄い氷が張られているような気がした。

誰とも馴《な》れ合うつもりはないと、そう言わんばかりに。

しかし、その視線の先には――あいつがいた。

「そうだぞ、結月。勝手にヤンキー認定するなんて失礼だからな……キラリも、余計な詮索はやめておけ。彼女にだって色々と理由はあるんだと思う」

満を持しての登場だった。

今日も竜崎《りゅうざき》龍馬《りょうま》は『竜崎龍馬』である。

自然体であいつらしいことを言っていた。少し鼻につくけど、決して悪いセリフではない……竜崎特有の『優しさ』だと思う。

人によっては、すごく嬉《うれ》しい言葉だろう。

「りゅ、りゅーくんったら……」

「龍馬さん……っ」

少なくとも、キラリと結月はメロメロだった。

竜崎の一言に頬を紅潮させている。

これなら、胡桃沢さんのまとう氷も溶けるかもしれない……と、思ったけど。


「――は？」


響いてなかった。

胡桃沢さんは、思いっきり表情を歪《ゆが》めて竜崎をにらんでいる。

「話しかけないで。あたし、あんたみたいに上から物を言う人間が心の底から嫌いなのよ。もう二度とかかわらないで」

「……ぐはっ」

あ、竜崎が倒れた。

「りゅーくんが死んだ!?」

「やっぱり不良さんですっ！　うぅ、龍馬さん、まだ死なないでぇ」

「キラリ、結月、今までありがとう。特に言い残すことはないけれど、とりあえずパソコンのデータは見ないでそのままお風呂に沈めてく……れっ」

……なんか、あの三人も仲良くなったなぁ。

コミカルなやり取りを繰り広げる三人を見ていると、思わず笑いそうになった。

でも、胡桃沢さんだけは表情を変えない。

「茶番はよそでやって」

本当に、冷たい。その冷たさは、入学式直後のしほ……いや、霜月さんと同じくらいか、あるいはそれ以上かもしれない。

おかげですっかりクラスメイトたちはおびえていた。みんな、遠巻きに胡桃沢さんを眺めるばかりで、近づこうとしない。

しかし、それなのにどうして俺は『心地良さ』を覚えているんだ？

彼女の態度も、言葉も、表情も、なぜか懐かしいと思ってしまう自分がいて、不思議だった。

やっぱり彼女は似ている。

かつて、俺が一方的に友達だと思っていた『りーくん』みたいな空気を醸し出しているような気がしたのである。

◆

もしかして、りーくんと胡桃沢さんは同一人物なのだろうか？

彼女のことが気になって仕方ない。

もし、そうだとするなら……色々と言いたいことがある。

しかしながら、確信がないので胡桃沢さんとの距離感がいまいちつかめないでいた。

一応、学校にいる間は様子を確認してみたけれど、彼女はずっと一人きりでムスッとしていただけだったので、何も分からなかった。

放課後も胡桃沢さんは即座に帰宅してしまって、話しかける隙もなく……いつも通り、しほと帰宅することに。

「ふにゃぁ」

朝からずっと生あくびをこぼしているしほと歩いている最中のこと。

ぼんやりしているようだったので、眠気覚ましもかねて胡桃沢さんのことも伝えてみると、想像以上に良いリアクションを見せてくれた。

「えー!?　胡桃沢さんってりーくんかもしれないの!?」

先ほどまでの眠そうな顔が一変して、しほが勢いよく食いつく。

「つまり、胡桃沢さんは幸太郎くんの『幼なじみ』ということかしら？」

「まぁ、彼女が『りーくん』だったらね」

「……初恋の人だったりするの？」

「まさか。男の子だと思ってたんだから」

恋愛感情はない。そういう意識があって彼女が気になっているわけじゃない。

とはいえ、しほが他の女性に対してやきもちを妬《や》く傾向があることは知っている。

「友達だと思ってた人だから、急にいなくなってモヤモヤしてるだけだよ。できれば、ちゃんと伝えたいことがあって」

誤解されないように丁寧に説明する。

それでも、拗《す》ねてしまうかもしれない……と、危惧したけれど。

「なるほど！　そういうことなのねっ」

特に異変はなかった。何も心配はしていないと、そう言わんばかりに。

もちろんそれは悪いことじゃないけど、今までのしほの態度とは違うので気になった……あ、これもまた考えすぎかもしれない。

何もなければそれでいいのだ。深読みはやめておこう。

「ふむふむ。つまり、幸太郎くんは胡桃沢さんが『りーくん』なのか気になって夜しか眠れなくなりそうなのよね？」

いや、夜に眠れたら十分だと思うけど、まぁいいや。

「それなら、過去のことをもう少し思い出してみたら？　何か分かるかもしれないわ」

「過去のこと……」

幼少期に良い思い出は数少ない。

今まであれば、母親のこともあって思い出さないようにしていた。

でも、色々あって乗り越えた今なら、また違った記憶も蘇《よみがえ》るかもしれない。

「そうだね。もう少し、考えてみるよ」

「ええ、そうね！　ちゃんと思い出してね？　ずっと前のことも……たとえば、赤ちゃんの時のこともっ」

「そんなに昔のことは覚えてない気がするけどなぁ」

「……はたして本当にそうかしら？」

しほが意味深な笑みを浮かべる。

意図が分からなくて、俺は首をかしげてしまった。

「どういうこと？」

「さぁ、どういうことかしら……あふぅ。なんだか今日はやけに眠いわ」

目をこすって彼女は俺から視線をそらした。

べつにおかしな様子はない。

うーん、この感じだと大して何も考えていないのかもしれない――。

◆

少し歩いて、しほの家に到着。

今日はさつきさんから夕食のおすそ分けをもらうために彼女の家に立ち寄った。

本当はしほが俺の家に来る予定でもあったけど、彼女があまりにも眠そうだったのでそれは中止になった。

そういうわけで、手作りの肉じゃがが入ったタッパーを抱えて帰宅。

さつきさんのおかげで夕食を作る手間が省けたので、少し時間が空いた。

「過去のことを思い出す、か」

やっぱり考えてしまうのは『りーくん』のことである。

胡桃沢さんを見て以降、頭から彼のことが離れてくれない。

だから、しほの助言通り何か別のことを思い出そうとして……しかし、なかなか記憶の引き出しが開かないので、どうしようもなくなって立ち上がった。

「……よしっ」

せっかくだし、りーくんと遊んでいた公園にでも行ってみようかな？

歩いて十五分くらいの距離なのでそこまで遠くはない。

何か思い出すことがあるかもしれないと、そう考えて公園へと向かった。

これはただの出来心である。

予定していたわけでもなく、ふと思いついたのでふらっと来てみただけ。

それなのに、不思議だ。


「――遅いじゃない」


まるで、俺が来るのを待っていたかのように。

その公園にはあの子がいた。

昔と同じように、ブランコに座って……後ろ向きにかぶった帽子も、あの時と同じものに見える。

でも、よくよく見てみると昔とは違うものが多かった。

サイズ感の小さくなったブランコも、接地する足の長さも……それから、帽子から見える髪の毛が『ピンク色』であることも。

この髪色は間違いなく彼女である。

しかし彼女は、彼だった。

「もしかして、りーくん？」

友達だったあの子の名を呼ぶ。

すると、彼女は肩をすくめて返事をしてくれた。

「ようやく気付いたのかよ。相変わらずどんくせぇな……こーたろーは」

昔と同じ、不機嫌そうな表情で。

それから、帽子を外してほどけたように垂れ下がったピンク色のツインテールも見えて、彼が彼女であることもしっかりと確信した。

ああ、本当にりーくんだ。

胡桃沢さんは、りーくんだったんだ！

懐かしい気分になって、思わず彼に駆け寄ろうとする。

しかし、その寸前で彼女の温度が下がった。

「と、そうやって昔のあたしなら言ってたでしょうね。もう残念ながら、そういう野蛮なことを言える年齢ではなくなっているけれど」

教室の時と同じように薄氷の膜が彼女を包み込む。

「『中山』は、あたしがりーくんだと知ってびっくりした？」

呼び方も、かつてのように『こーたろー』とは呼んでくれないようだ。

拒絶の障壁が見えた気がして、俺は足を止めてしまった。

「……女の子だと、分からなかった」

「無理もないわよ。だってあたしは、男の子として振舞っていたから」

「どうしてか聞いてもいい？」

「くだらない理由よ。それでも聞きたい？」

もちろん。

幼少期は、何も知らなくて……そのことを強く、後悔したのだから。

「聞きたい」

頷いて、胡桃沢さん……いや、りーくんに言葉を促す。

彼女はめんどくさそうにため息をついて、それから視線をそらしながら、淡々と説明してくれた。

「幼いころから負けず嫌いだったのよ。古い家に生まれて、周囲に『所詮は女』と馬鹿にしてくる人間がたくさんいたから……とにかく舐《な》められたくなかった。父も母も、あたしには『女の子らしくしていいんだよ』って言ってくれてたのに、逆に意地を張って男の子として振舞っていた」

ブランコに軽く揺られながら、りーくんは苦々しく言葉を吐き捨てる。

「性格がひねくれているのよ。天邪鬼《あまのじゃく》だから……そのせいであたしは、あんたをだましてしまっていた」

不機嫌……いや。彼女は、怒っている？

俺に対してではない。

りーくんは、自分自身に腹を立てているような気がした。

「挙句の果てには、あんたに何も言わずに引っ越した。お別れの時に泣いちゃうかもしれなかったから……弱さを見せる強さがなかったのよ。だからさよならも言わなかった。たぶんだけど、あんたは何日もあたしのことを待ってたでしょ？」

「まぁ……一週間くらいは、この公園に通ってたよ」

「やっぱりね。そういう性格なのは知っているのに、何も言わなかった。意地を張って、お別れくらい寂しくないと……強がっていた」

しかし彼女は堂々としている。

まるで俺の怒りを煽《あお》るような態度で……それがどうにも、わざとらしく見えて仕方なかった。

「さて、久しぶりの再会になったわけだけれど」

そう言ってりーくんはブランコから降りた。

片腕を腰に当ててモデルのように立つ。悪びれた様子は一切ない。

堂々と、彼女らしく佇んでいた。

「何か言いたいことはある？」

「もちろん、伝えたいことはたくさんあるよ」

「そうでしょうね。なんでも言いなさい……今ならちゃんと聞いてあげられるわ。あの時みたいに、意地を張ることしかできなかったあたしとは違う。敗北を知って、自分の言動に後悔して、やっと自分の弱さを理解した今なら、受け止められる」

どうやらりーくんにも色々あったようだ。

それなら、ちゃんと受け止めてもらおう。

俺があの時に抱いていた気持ちを、もう一度……と、思った瞬間に、感情が一気にあふれ出してきた。

まるで、幼いころに戻ったみたいに。

当時抱いていた『想い』を思い出したのである。

「ごめんね。うまく言葉にできる感情ではないかもしれない」

「じゃあ、行動で発散してもいいわよ？　ほら、あたしは逃げない……それであんたの気がすむなら、受け入れるしかないわ」

りーくんは覚悟を決めたように顎を引く。

相当気合が入っているのだろう。

それなら、俺もちゃんと行動に移そうか。

「りーくん。俺は……！」

そして、俺は腕を前に差し出した。

「っ……!?」

その瞬間、りーくんは体を強張《こわば》らせてギュッと目を閉じる。

まるで恐怖におびえる表情。

こちらは逆に困惑した。

な、なにをやっているんだろう？

よく分からないけど、このままだと差し出した腕がいつまでも宙ぶらりんなので……そのまま勢いに任せて、彼女の手をつかんだ。

俺は、りーくんと『握手』をしたのだ。

「――ありがとう」

そして、あふれ出した気持ちを言葉にする。

そうすると、りーくんはようやく目を開けて……それから今度は、ぽかんと口を開けた。

「え？」

戸惑いと、それから驚きが入り混じった表情で、俺を見ている。

そんな彼女に俺は自分の気持ちを伝えた。

「感謝してるんだ。あの時、めんどくさい俺のそばにいてくれて、ありがとう。りーくんのおかげで、俺は救われていたんだ」

感謝の一言が言えなくてモヤモヤしていた。

六歳に出会って、九歳に会えなくなって……それから七年が経過している。

君との離別は悲しい記憶だから忘れたふりをして生きていた。

だけど、母との件もあって過去と向き合う強さを手に入れたのだろう。今やっと、しっかり向き合うことができている気がした。

良かった。おかげで気持ちがスッキリした。

「…………えっと」

一方、晴れやかな気持ちの俺とは対照的に、りーくんは何やら納得のいっていない表情を浮かべていた。

「怒ってないわけ？」

「怒る？　なんで？」

「いや、だって……あたし、ひどいでしょ？　ただでさえ天邪鬼でめんどくさいし、いつも不機嫌だし、口は悪いし、あんたをすぐバカにしてたし、上から目線だったし、自分勝手だし、さよならも言わずにいなくなったのよ？」

「自覚はあるんだ」

「当り前じゃない。だから怒りなさいよ」

そんなこと言われても困る。

「怒るのは苦手なんだ。そういう性格じゃなくて……ごめんね？」

「は？　なんであんたが謝ってるのよっ。もう、本当に――変わらないわ」

そして、りーくんは不意に地面にしゃがみこんだ。

握手したままだったので、つられるように俺も身をかがめると……彼女は大きく息をついて、震える声を発した。

「……怒られると、思ってた。殴られるかもしれないって、覚悟を決めていたくらいよ」

「そ、そこまで乱暴じゃないよ？」

って、なるほど。だから彼女は身構えていたのか。

そういえばこの前、似たようなことをしほのお父さん――樹《いつき》さんとしていたことを思い出した。

もちろん、樹さんは手を出すつもりなんてなくて、抱きしめられただけである。

俺も同じだ。暴力なんてありえないので握手したかっただけである。

こう考えてみると……もしかしたら、樹さんと俺の思考は近しいのかもしれない。

「意味分かんない。あんたは本当に、男らしくない」

「それは、うん。俺もそう思う」

もうちょっとしっかりしたい、とは常々考えている。

ただ、これが悪いことだとも思っていない。

「でも、そこがあんたのいいところね」

りーくんは、やっぱりそういう一面も認めてくれていた。

「男らしくなる必要なんてないわ。バカバカしい……そもそも、性差で人格を語るなんて、時代錯誤も甚《はなは》だしいわ。今ならちゃんと、そう理解している」

幼少期は『男らしくある』ことに拘《こだわ》っていたりーくんが、今はそれが間違いであると言っていた。

彼女も、俺と同じように何かしらのきっかけを経て、成長したのかもしれない。

かつてよりもりーくんは落ち着いて見えた。

「でも、嫌われてもおかしくないくらい、めそめそしていた自覚はあるよ。あの時は迷惑かけてごめんね」

「嫌ってなんかないわよ。迷惑なんて、そんなこと思ってなかった」

「そうなの？」

彼女にはよく『めんどくさい』と言われていたので、てっきり嫌われているのかと思っていた。

「むしろ、ひどいことばかり言うあたしを、あんたはよく嫌いにならないでいられたわね。そんなに慕ってくれているなんて、思ってなかった」

「いやいや。りーくんはたしかに口が悪かったけど、優しかったよ」

「……べ、べつに、優しくはなかったから」

あ、照れてる。

いつも不愛想だけど、今はほっぺたがわずかに赤くなっている。

そういえば、幼いころもこんな感じだったなぁ。本人は隠しているつもりだろうけど、顔に出やすい。

おかげで、君が俺を心配してくれていることも分かっていたんだ。

「まぁ、うん。とりあえず……あの『こーたろー』が立派に大きくなってて良かったわ。今でも泣き虫かもしれないって、心配だったから」

「さ、さすがに高校生なんだから、ちょっとは成長してるよ」

「……あたしが手を引っ張ってあげないと夜道も歩けないような泣き虫だったくせに」

言葉の後、りーくんが俺の手を握り締める。

その感触は、やっぱりぷにぷにしていて、柔らかかった。

夢と同じだ。当時はそれが不思議だったけど……そっか。りーくんは女の子だったから、感触も優しかったんだ。

と、そんなことを考えていたら、不意にりーくんが手を離した。

何かを思い出したように、俺の顔を心配そうに見つめている。

「あー……そういえばあんたにはもう彼女がいるのよね……ごめんなさい、なれなれしく触ってしまって。大丈夫？　彼女に怒られない？」

彼女？

……ああ、そっか。

一瞬、何を言われているのか分からなかったけど、すぐに気が付いた。

たぶん、りーくんはしほのことを言っているのだろう。そういえば登校中、しほと一緒に歩いているところを見られているから、そう思っていてもおかしくない。

「あの銀髪の……霜月だっけ？　付き合ってるんでしょう？　隠さなくてもいいわよ……あたしに遠慮してんの？」

「いや、うーん。なんと説明したらいいかなぁ」

付き合っている。そう表現してもおかしくないくらいに、仲がいい自信はある。お互いに特別な思いを抱いていることだって分かっている。

しかし俺たちは、恋人ではないわけで。

「もしかして……付き合ってないってこと？」

りーくんが怪訝《けげん》そうに眉をひそめる。

立ち上がって腕を組み、鋭い眼光で俺を射抜いた。

「あんたを見てたら分かる。あの子が好きなんでしょ？」

「うん。それはしっかり頷ける」

「だったら、なんで付き合ってないのよ」

そう聞かれても少し難しいなぁ。

でも、ちゃんと説明するしかないだろう。りーくんならきっと、俺たちのことだって分かってくれる――そう思ったけど。

「は？　焦ってないだけ？　お互いの気持ちは理解してる？　将来的にはどうせ付き合える？　なによ……それ。そんな『引き延ばし』みたいな状態を理解できるわけないじゃない。あんた、もしかしてキープされてるんじゃないの？」

やっぱり、この関係性を他者に伝えるのは至難だった。

普通じゃないことは理解している。

でも、第三者の目線で見ると、キープされているように見えるんだ……と知って、少しびっくりした。

「そんなことないよ。しほは計算高い女の子じゃないから」

もちろん否定はした。しほがいい子なのは誰よりも俺が理解している。

だけど、初対面のりーくんはまだ彼女のことを何も知らないのだ。

「……あんた、だまされてないわよね？　あの子に弄ばれているんじゃないでしょうね？　たしかに顔はかわいいけど、中身もいいとは限らない」

そして、りーくんは俺のことがまだ心配みたいだ。

「大きくなって、たくましくなったのは認める。でも、だからって……いきなり、あんなにかわいい彼女ができるなんて、おかしいと思っていたのよ」

「それはまぁ、うん。容姿が不釣り合いな自覚はあるけど……」

「卑下しないで。そもそも、あの子に釣り合う容姿の男性がほとんど存在しないのだから、それは問題じゃないわ。中山がかっこわるいって言ってるわけじゃない」

とにかく彼女は、俺のことを気にかけてくれている。

昔もそうだった。俺のことを放っておけないらしくて、ずっとそばにいてくれた。

りーくんはもしかしたら『姉御肌』なのかもしれない。

かつてはその優しさのおかげで救われた。

「あんたは女の怖さを知らないでしょう？　悪女の可能性もあるわ……もし、霜月が悪女だったら、あんたはとても傷つくでしょう？　それは絶対に、許さない」

「りーくん？　お、落ち着いてっ」

「落ち着けないわよ！　こーたろーはあたしが守ってあげないと……！」

でも、今回は逆に、その優しさが原因で複雑な事態になりそうだった――。

❄

第三話
『こーたろー』と『幸太郎』

そういえばこんなことがあった。

幼少期、りーくんと出会って一年くらい経過したころだろうか。

「こーたろーは『おとーと』みたいだな」

公園のベンチで本を読んでいたら、隣に座っていたりーくんがぼんやりとそう言っていたのを、ふと思い出した。

「おとーと？　ぼくが？」

「うん。どーきゅーせーだけど……なんか、いつもしんぱいなんだよなぁ」

照れ隠しなのか、ほっぺたをかきながらりーくんは俺の肩を軽く小突いていた。

泣いたり、落ち込んだりしてばかりだった俺を、りーくんはどうやら放っておけなかったらしい。

思い返してみると、彼女はとても面倒見が良かった。

宿題で分からないところがあったらちゃんと教えてくれた。

寂しいと言ったら、ずっとそばにいてくれた。

でも、当時の俺はそれが彼女の優しさだと理解できていなかった。

なぜなら、りーくんはとにかく態度が素っ気なかったのである。

『べんきょーがわからない？　はぁ、めんどくせぇけどおしえてやるよ』

当時、卑屈だった俺は、りーくんの言葉をそのまま受け取っていた。

俺なんかに勉強を教えるのは、本当にめんどくさいことだと思っていたから、

『は？　さびしいって……しらねぇよ。おれはこーたろーのためにここにいるわけじゃない。たまたまあそんでいたら、そっちがきてるだけだろ？』

一緒にいることは、りーくんの気まぐれだと思っていた。

俺なんかの隣にわざわざいてくれるなんて、そんなこと信じられなかったから。

少し考えたら分かる。

りーくんが照れ隠しで、わざとぶっきらぼうにしていたことを。

しかし俺は、良くも悪くも人を疑うことができない性格だった。

「いつもそばにいてごめんね」

りーくんに心から申し訳ないと思ってそう伝えたこともある。

すると、りーくんは複雑そうな顔でこんなことを言っていた。

「おまえ……ちょっと『すなお』すぎるだろ。やっぱり、おれはこーたろーがしんぱいだよ。いつか、わるい『おんな』にだまされそうで」

胡桃沢《くるみざわ》さん……りーくんと出会ったおかげなのか。

あるいは、母との関係性が落ち着いたからかもしれない。

いや、その両方が原因かな。

最近、昔のことをちゃんと思い出せるようになった気がする。おかげでりーくんがとても面倒見のいい性格で姉御肌であることも、ちゃんと思い出せた。

そして、今はそれが原因で少しおかしなことが起きているわけだ。

「霜月《しもつき》。あんたのことをあたしは認めない」

昼休みのことだった。

校舎裏の人目につかない場所でしほとお弁当を食べていた時のこと。

俺たちをこっそり尾行していたりーくんが突然現れて、こう言ったのである。

「中山《なかやま》を弄ばないで」

えっと、りーくん？

なんか君、変なスイッチが入ってない？

「あの……」

「中山は黙ってて」

「いや……」

「あんたは優しいからこういうこと言えないでしょ？」

「その……」

「あたしが代わりに言ってあげるから、任せなさい」

さすがに彼女を制止しようとしたけれど、俺が何かを言おうとすると言葉を重ねてくるので、無理だった。

「霜月、何か言いなさいよ」

「え？　え？　え？　にゃ、にゃにごとっ!?　……もぐもぐ」

いきなり詰められてしほは困惑していた。

それでも、食い意地が勝って卵やきをぱくりと食べているところは、彼女らしくて微笑《ほほえ》ましい。りすみたいに頬張っていた。

「ごくんっ。あわわ……く、胡桃沢さん？　違う、くるりちゃんがいい？」

「胡桃沢さんにして」

「分かった。くるりちゃんにするね？」

「は？　中山、やっぱりこの子はダメよ。あたしの話を聞いてないわ」

いや、今更そんなことを言われても困る。

「そもそもしほは人の話なんて聞かないよ？」

かなりマイペースなので他人の話なんて右から左である。

「ちゃ、ちゃんと聞いてるもん！」

本人は否定しているけれど、はたしてそれはどうかな？

……と、俺たちのやり取りがまだ続きそうだと判断したのか、ここでりーくんが割って入ってきた。

「まぁ、それは本題じゃないわ。ねぇ、霜月って中山のこと弄んでるんでしょ？　さっさと認めたらどうなのよ」

「？・？・？・？・？」

しほが助けを求めてこちらを見ている。頭の上に疑問符をたくさん浮かべて。

もちろん、助け舟は出してあげたい。

「実は」

「中山は黙りなさい」

「……はい」

しかしながら、それをりーくんが許可してくれなかった。

幼少期からの癖なのか、無意識に彼女の言葉に従ってしまう。

指示通り黙った俺を、しほは珍しそうなものを見る目で見ていた。

「ほへー。幸太郎《こうたろう》くんが、なんだかワンちゃんみたいになってるわ！　お手とかしてくれるのかしら」

「するわよ。昔から中山は素直だから……素直すぎて、あたしが苦労したくらいに！　も、もうちょっと、言葉の裏とか見てほしかった——って、そんなこと関係ないのよっ」

りーくんはやけにけんか腰だ。

「中山をたぶらかしているのかどうか、聞いてるのよ。さっさと答えて」

しほを敵と決めつけて威嚇しているように見える。

普段であれば、しほはそういう相手におびえる傾向があるけれど……不思議なことに、今回の彼女にはやけに余裕があった。

「わたし、幸太郎くんをたぶらかしてないわ」

「じゃあ、弄んではいるのね？」

「もてあそぶ……もてあそぶ……あそぶ？　遊んでは、もらっているわ」

「違うわよ。弄ぶっていうのは……中山の恋心を利用して、だましてるってことよ」

「えー!?　そ、そんなひどいこと、できるわけないじゃないっ」

「本当に？　疑わしいわね……そんなに顔がかわいいくせに、中山を選ぶなんておかしいのよ。実は中山よりイケメンな彼氏とかいるんじゃないの？」

「むぅ。幸太郎くんはイケメンだもん！　世界で一番よっ」

「………ふんっ。まぁ、仕方ないからちょっと手加減してあげるわ」

いやいや、なんで手加減するつもりになったの？

しほが俺のことを褒めて、なぜ君がまんざらでもない顔をするのだろうか……姉目線なのかな？　すごく、なんというか、そばで聞いてて恥ずかしかった。

「霜月は中山が好きなわけ？」

「うん！　大好きっ」

「その程度？」

「違うもん！　だいだいだいだいだいすきっ!!」

こういう会話は、できれば俺がいないところでしてほしい。

恥ずかしくて、ごはんがのどを通らなかった。

「でも、あんたと中山って付き合ってないんでしょ？　そんなに好きならおかしいと思うんだけど」

「ぎくっ」

漫画みたいな表現を口で言っている人間を初めてみた。

りーくんの一言で、しほは露骨に顔色を悪くしていた。

「つつつ付き合ってはないけれど、それはべつに、嫌いだからじゃないわ」

「じゃあなんでよ」

「だ、大好きすぎるから、付き合っちゃったら、好きすぎて頭がおかしくなりそうなの。わたし、愛が重めだから……たぶん、幸太郎くんをめちゃくちゃにしちゃうわ。めんどくさい思いをさせてしまいそうだもの」

……ダメかな。

昨日、しほとの関係については、俺も散々説明した。

だけど彼女は認めなかった。そうして今に至るのだ。

しほの説明も論理的なものではない。

これでは、りーくんが納得しないだろう……と、思ったけれど。

「分かる」

彼女は勢いよく頷《うなず》いていた。二つに結わえたピンク色のツインテールが大きく跳ねるくらい、しほの言葉に共感していたのである。

「だから、好きになりすぎないようにしてるってこと？」

「うん。これ以上好きになるのが、ちょっと怖いわ」

「……分かるっ」

今度はしほの言葉をかみしめるように、深々と頷くりーくん。

さっきまでけんか腰だったのに、それがちょっと緩和していた。

というか、二人って……相性が良いのかな？

「あれ？　しほとりーくん、もしかして意気投合してる？」

指摘すると、二人がハッとしたように顔を上げた。

「た、たしかに、なんだか仲良くなれそうな気がするわ！」

「はぁ!?　べ、べつに意気投合なんてしてないからっ……霜月、あんたと仲良くするつもりなんてないわよ！」

しほは素直に認めてくれた。

でも、りーくんは天邪鬼《あまのじゃく》である。俺の言葉を決して認めようとはしなかった。

「まだ霜月を認めたわけじゃないんだからねっ」

そう言って、彼女は逃げるように走り去っていった。

その後ろ姿を眺めながら、しほが首をかしげる。

「もしかして、くるりちゃんってツンデレさん？」

「……やっぱりあれはツンデレだよなぁ」

薄々気付いていた。天邪鬼で、素直じゃないけど分かりやすくて、素っ気ないけど優しくて……そういうところがツンデレっぽい。

「ふむふむ。やっぱり、くるりちゃんには全然緊張しないわ」

あと、気になることがもう一つ。

彼女も不思議そうにしているように、しほの態度がりーくんには自然なのだ。

まるで梓《あずさ》や俺と話している時みたいに『素のしほ』なのである。

どうしてなんだろう？

客観的に見ると、りーくんみたいに刺々《とげとげ》しい人間は、本来であればしほは好まないはずなのに……それがやっぱり引っかかる。

もう少し二人の様子も見てみたい。

もしかしたら、りーくんとしほは仲良くなれるかもしれない……そう思ったので、しばらく彼女たちの様子を観察してみることにした。

◆

午後。数学の授業で小テストが行われて、しほが見事に赤点を取った。

最近はゲームばかりしているようなのでその成果が出たようだ……華麗に一桁の点数をたたき出した彼女は、むしろ開き直っていた。

「わたしの人生にXなんて必要ないわ」

「……いきなり何を言ってんの？」

いつもなら、その愚痴を聞かされていたのは俺だったと思う。

しかし、しほはりーくんに何かを感じているのだろう。放課後になって帰宅準備をしている彼女に話しかけていた。

「冷静に考えてみて。そもそも、点Pの位置なんて分からなくていいと思わない？」

「バカが言いそうなことね」

「バカって言わないでっ……うぅ、赤点とっちゃったぁ。くるりちゃんは何点？　やっぱり赤点だった？　ちゃんとわたしより下でいてくれてる？」

「そんなわけないじゃない。満点だったわよ……」

「みゃんてん!?　しゅ、しゅごいっ」

「あんな簡単な問題で赤点をとれるあんたの方がすごいんじゃない？」

「ふーん？　じゃあ、教えてあげられてもいいけれど？　ほら、赤点の子にはもれなく課題が出されたでしょう？　しっかり学ばせてもらっても構わないわ」

「なんでそっちが偉そうなのよ。あたしは帰る」

「あ、待って！　ごめんなさい、勉強教えてくださいお願いしますー！」

一応確認しておくけれど、ここは学校である。

しほは他人の目が多い場所でなかなか素を出さない。

俺の前で、たまに興奮したらこうなることもあるけれど……りーくんの隣でリラックスしている彼女を見ると、なんだか嬉《うれ》しかった。

もしかしたら、しほも感じ取っているのかもしれない。

りーくんの『優しさ』を。

「ちょっ！　本当に用事があるんだけど……あーもう、分かったわよ！　教えるから、抱き着いてこないでっ」

「いいの!?　やった、嬉しいっ」

「……それで、そっちのちっちゃいあんたは何なの？」

「ふぇ？」

と、ここでりーくんがしほの背後を指さした。

つられるようにしほが視線を移す。

目を向けると、そこにはテストと課題のプリントを握っておどおどしている梓がいた。

「あずにゃん、どうかしたの？」

「あ、梓も、赤点で……課題、やらないといけなくてっ」

「え！　あ、本当だっ。わたしと一緒の八点ね！」

「言わないで！　うぅ、まさかこんなに低いなんて……っ」

「ふーん？　それで何なの？　あたしに言いたいことでもあるわけ？」

「うん。胡桃沢さんは、霜月さんに教えるの？」

「誠に遺憾ながら、そうなってしまったみたいね」

「じゃあ、梓にも教えてくださいっ」

そう言って、梓がぺこりと頭を下げる。

かなり珍しい光景だった。梓もかなり人見知りするタイプなのに……初対面のりーくんには、気軽に話しかけている。

しほといい、梓といい……あと、俺もそうかな。

りーくんはおとなしいタイプに人気があるのかもしれない。

「珍しいわね。あたしに教わりたいわけ？　なんで？」

「なんか、胡桃沢さんって優しそうだもん」

「べ、べつに優しくはないわよっ」

否定はしているものの、満更でもないのだろう。

ツインテールがふわふわと揺れていた。なるほど、こっちにも感情が出るのか。

「あのね……だめ？」

「まぁ、霜月に教えるついでだし、べつにいいわ。一人も二人も同じだし」

「わーい！　霜月さんにだけは負けたくないから、梓にいっぱい教えてね？」

「あ、ずるいわ。わたしも負けたくない！　おねーちゃんとしての威厳が……っ」

「ってか、用事があるのは本当なのよ。一時間くらいしかできなくて……あ、ちょっと待って。こういうのって中山に教えてもらった方がいいんじゃない？　意外と成績はいいでしょ？」

三人でわいわいしているところをぼんやり見ていたら、彼女が俺に二人を任せようとしてきた。この様子だと、用事の件はウソではないのかもしれない。

とはいえ、二人はすっかり彼女に教えてもらう準備を整えていた。

「一時間でいいわ。むしろ、一時間がいいのよっ」

「おにーちゃんだと、優しすぎて勉強する気にならないもん。ほら、おにーちゃんって、人に対して全然厳しくできないからっ」

「そうなのよ。幸太郎くんがいると、ついついサボっちゃうのよね」

「つまり、梓と霜月さんの成績が悪いのは、おにーちゃんのせいってこと！」

「ええ。幸太郎くんが全部悪いわ」

そうなんだよなぁ。

俺は人に教えるという行為が性格的に向いていない。

ついつい甘やかしてしまうので、二人ともすぐにスマホゲームに逃げてしまうのだ。

「……二人がちゃんと悪いでしょ。バカね」

その点、りーくんはハッキリ物事を言うタイプだ。

二人の気を引き締めるにはうってつけなのだろう。

「まぁ、中山の尻ぬぐいならやらないといけないわね……ほら、一時間しかないんだからちゃんと集中しなさい」

「「はい！」」

放課後の教室でりーくんを中心にしほと梓が数学の課題をこなしている。

そんな三人を眺めて、俺はつい笑いそうになってしまった。

信頼のおける友達と、大好きな女の子と、大切な家族が仲良くしている姿は、なんだかとても素敵だったのである——。

◆

「霜月を悪女と呼ぶにはあまりにも『ポンコツ』すぎるわ」

りーくんが転校してきてから一週間が経過して。

彼女が出した結論は、すごくシンプルだった。

「信じられない……あの見た目でおバカってすごく矛盾してない？　いかにも『できないことなんてありません』って顔をしてるくせに、何もできないじゃない」

「そ、それは言いすぎじゃない？」

夕暮れの公園で、りーくんはブランコに座ってうなだれている。

両手で頭を抱えて呻《うめ》くように言葉を発していた。

「じゃあ、霜月が何をできるのか言ってみなさいよ」

「…………」

「ほら。何も思いついてないじゃない」

ごめんね、しほ。

君をかばおうと思ったけど何も思いつかなかった。

「えっと、まぁ……普段は意外としっかりしてるよ。信頼している人がいたら手を抜くタイプなだけで」

俺の前だとしほはだいたいふにゃふにゃしている。

しかし、一人の時はなんだかんだ自分のことは自分でやるので、できないというよりはやらない人間なのだ。

「できるのにやらないなら、なおさらダメでしょ」

「ごもっとも」

またしても一瞬で論破された。

肩をすくめると、りーくんはそれにつられたのか大きく息をついた。

「あんたの妹もなかなかのレベルだけどね。ちょっと甘やかしすぎてない？　優しいのはいいところだけど、時には厳しくすることも優しさよ」

「自覚はしてるよ。でも、かわいくてつい……」

「はぁ。本当に放っておけない……あんたも含めて、ね」

うんざりしたような口調ではある。

しかし、その言葉ににじみ出る優しさに、大きくなった今はちゃんと気付けていた。

「ありがとう。りーくんのおかげで、しほも梓もなんか楽しそうだよ……二人とも人見知りするから、友達が増えて嬉しいんだと思う」

「そこも意味が分からないわ。よりによって、あたしに懐くってなによ。口は悪いし、不愛想だし、冷たい人間なのに」

たしかに、外面だけ見るとそうなのかもしれない。

しかし、二人は人間の『中身』を感じ取る繊細さを持っている。

だからこそ、君の優しさを感じ取っているんだよ。

「俺を慕ってくれる二人だからね」

「……そうね。あんたの良さに気付ける人間なのよね」

そう言って、りーくんは空を見上げた。

今度は何も言葉を発さない。考えを整理しているように見えたので、俺も何も言わないでおいた。

「「…………」」

少しだけ、無言の時間が流れる。

人によってはぎこちなさを覚える瞬間かもしれない。

しかし、りーくんが相手だとその感覚はなかった。

……こうして公園で二人きりでいると、やっぱり懐かしい。

実はここ一週間、毎日のように夕方になると公園に来ていた。

彼女もまたそれを嫌がらずに俺をここで待ってくれている。どこかに行った帰りに寄っているようで、恰好《かっこう》はいつも制服姿だ。

おかげで三十分くらいオシャベリをするのが日課になっている。それがすごく楽しいし、心地良かった。

俺にとって彼女は今も『りーくん』のままなのだろう。

七年が経過しようとも、性別が違っていても、本質は変わっていないのだから。

「奇跡みたいな女の子ね」

数分くらい経過しただろうか。

りーくんが、あきれたようにつぶやいた。

「あんなに綺麗《きれい》で、かわいくて……それなのに、中身は幼児みたいに純粋で、あどけない。話していて、裏がないのよ。とても素直で、本当に素敵な女の子だと思う。嫌いになんてなれないくらいに」

一週間前は、しほが悪女かもしれないと危惧していた。

しかし今はちゃんと分かってくれたみたいだ。

「いい子に出会えて良かったわね……なんだか、力が抜けた」

「うん。しほと出会えて、本当に良かった」

「……あんたがだまされていなくて良かった。人に利用されやすい性格をしているから、怖かったけど、なんだかんだこーたろーも強くなってるのよね」

それから、深紅の瞳がまっすぐ俺を見据える。

彼女の目は、なんというか……ちょっとだけ寂しそうに見えた。

「もう、あたしが手を引っ張らなくても、こーたろーは自分で歩けるんだ」

それでいて、言葉に嬉しさという感情がにじんでいる。

りーくんは今でも、俺のことを『おとーと』だと思ってくれているのだろうか……この複雑そうな目線は『弟の成長を実感する姉』の心境なのかもしれない。

「霜月にならあんたを任せられる。あの子の隣にいたら、嫌でもちゃんとしないといけないだろうし……ね？」

「あはは。そうだね」

頷くと、りーくんは微《かす》かに頬を緩めた。

小さな笑顔だけど、彼女にとっては満面の笑みである。

「霜月と、ちゃんと幸せになってね」

心からの応援の言葉。

俺に対する愛情を感じて、胸がいっぱいになった。

りーくんは本当に俺のことを大切に思ってくれている。

この気持ちに報いたい。

たくさん助けてもらったから、せめて少しでも恩返しがしたい。

だから俺は、一歩前に踏み込んだ。

「……俺は、りーくんにも幸せになってほしい」

「は？　いきなり何言ってんのよ……あたしは幸せだけど？」

ウソだ。

りーくんが平気なふりをしている時は、いつだって強がっているだけだということを、
俺はちゃんと分かっている。

だって、りーくんはツンデレさんだから。

肯定を否定して、否定を肯定する、天邪鬼な性格なんだ。

「じゃあ、どうして君はいつも苦しそうな顔をしてるの？」

「べつに苦しくなんてないわよ」

「本当に？　一人でいる時、いつも泣きそうな顔をしてるのに？」

「……見てたの？」

うん。この一週間、ずっと君の様子を見ていた。

「しほも、君のことを心配してたよ……『くるりちゃん、何か悩んでいることがありそうだから、幸太郎くんがなんとかしてあげて』って言われたんだ」

俺ですら違和感を覚えていたのである。

感受性の鋭いしほが気付かないわけがないだろう。

「おバカちゃんのくせに、そういうところは鋭いのね……はぁ」

りーくんが俯《うつむ》いた。

ため息をこぼして、俺から視線をそらして……彼女は口を閉ざす。

何も言いたくないと、そんな表情をしている。

……前までの俺ならここで引いていたかもしれない。

臆病で、引っ込み思案な『モブ』のままなら、彼女が望んでいないという言い訳で引き下がっただろう。

でも、俺は『中山幸太郎』である。

モブとも、ましてや幼い『こーたろー』とも違う。

「そもそも、どうして君はこの時期に転校してきたの？　なぜ、七年越しにこの公園に来たの？　りーくん……君はどうしていつも、病院のある方向に帰っていくの？」

彼女が抱えている問題だ。

詮索することが必ずしも良いこととは限らない。

だけど、彼女の本音を知るには……多少強引にでも踏み込む必要性を感じていた。

「知ってどうするのよ。あんたが何をしてくれるわけ？」

りーくんが表情を消す。

しゃべり方も変わっていて、唸《うな》るような声になっていた。

薄氷の膜で自らを包んで、俺を拒絶しようとする。

だから俺は、その氷を砕いた。


もうあのころの俺じゃない。


何も知らないでいることを許容できる人間ではなくなっている。

何もしなければ、君が何も言わずに消えることを、俺は学んでいる。

「りーくんにはいつも助けてもらっていたから……今度は俺が君を助ける番だよ」

そう言って、笑いかける。

警戒しなくてもいいんだよ、って。

「……他人が解決できるような問題じゃない、と言ったら？」

「他人じゃないよ。俺にとってりーくんは『友達』だから」

「っ………！」

反論すると、彼女は不意に瞳を潤ませた。

さっきまでは歯を食いしばって、唸るような声を発していたけれど……それが緩んだ。

表情からも、体からも、一気に力が抜けてしゃがみこんだ。

そして彼女は、天邪鬼の仮面をズラした。

いつもよりも少しだけ、素の彼女が顔をのぞかせる。

「……おじいちゃんが、入院してる」

「入院……？」

「ええ。実は、数か月前に倒れて寝たきりなの……前までは都会の大病院に入院してたけど、急に転院になって、この近くの病院に運ばれた。一応、おじいちゃんの地元でもあるし、場所としては悪くない。両親が所持しているマンションもあって、今は一人で生活しているわ」

胡桃沢くるりという少女の個人情報を聞いたのは、これが初めてだ。

思ったよりも深い事情があったので、一言も漏らすまいとしっかり耳を傾けた。

「毎日、放課後になったらお見舞いに行ってて……その途中で、必ずと言っていいほどおじいちゃんとけんかして、病室を出るの。そうしたらこの公園に来て、あんたと話して、気分を落ち着けてから、また病室に帰ってた。面会時間ギリギリまで、おじいちゃんの様子を見てるのよ」

「そういうことだったんだ」

「ええ……あたしが見てないと、おじいちゃんはずっと寝てばかりで、怖いの。生きるのを、諦めてそうな気がしてて……」

話を聞いている限り、彼女のおじいちゃんは決して安心できる容体ではないのだろう。

りーくんは、おびえているように見えた。

「頑固で、偏屈で、石頭で、かわいげの欠片《かけら》もないくそじじいで……あたしを叱ってくれる、ただ一人の人間だった。甘い両親に代わって、物事の良し悪しをちゃんと指導してくれたのが、おじいちゃんだった」

「……大切な人なんだ」

「もちろん。かけがえのない人だから……まだ、いなくなるのは早いわよ。あたしはまだ、おじいちゃんに何も恩返しできてないのに」

どうやら彼女は、そのことでずっと思い詰めていたようだ。

「でも、素直になれないのっ。あたしはいつも、強がってばかりで……おじいちゃんにも、冷たく当たってばかりで、どうすることもできなくてっ」

天邪鬼の仮面は、なかなか剝《は》がれない。

今も、少しズレているだけで、完全には取れていない。

だって、りーくんは助けを求めようとしない。

事情を語るだけでせいいっぱいという表情をしている。

それなら、こちらが寄り添えばいいだけの話だ。

「何か、俺にできることはない？」

「…………分からない」

「じゃあ、俺にできることを探すよ」

「…………頼んでないわよ」

「勝手にやってるだけだから気にしないで」

「…………お節介ってやつね」

「君がいつもやってくれていたことだよ」

もう、仮面は戻りかけている。

だから急いで彼女の望みを聞いたら、こんな答えが返ってきた。

「…………おじいちゃんに、元気になってもらいたい」

「分かった。他には？」

「…………素直になりたい」

よし、これだけ聞くことができたなら十分だ。

「任せて」

君の助けになるよ。

中山幸太郎は、何にでも成れる人間なのだ。

だから『主人公』みたいなことだって、できるはずだから――。

第四話 レンタル彼氏？

蠢《うごめ》く。

物語が、胎動する。

彼女との出会いはやはりトリガーとなったみたいだね。

『かつて男友達だと思っていた幼なじみが、実はかわいい女の子だった』

そんな、使い古された挙句に使われなくなって、逆にまた使われるようになったテンプレに従って物語が息を吹き返したわけだけれど。

しかし、思っていた方向とは違うものになりそうだ。

――メインヒロインが危機感を抱いていない。

新たなライバルとなりえる存在だというのに、シホはのんびりしている。

彼女はコウタロウのことを心から信頼しているのだろう……不安なんて皆無だ。すっかり安心しきっている。

メインヒロインがライバルヒロインと微塵《みじん》も険悪にならないなんて、そんなラブコメがあっていいのだろうか。

物語には対立が不可欠だ。

敵対心が原動力となって、葛藤が生まれ、選択が生じ、成長が促される。

それがなくなって生ぬるいラブコメになってはいるけれど……まぁ、クルリのおかげでストーリーに波が生まれようとしているから、悪い流れではなさそうだ。

やっぱり彼女の投入は正解だった。

以前、クソジジイが入院していた病院に圧をかけた甲斐があったというものだよ。

予想通り、転院先はあのクソジジイの地元……つまり、コウタロウたちの住む地域の病院になったので良かった。

やれやれ。しかしまぁ、ワタシと渡り合える器の人間がまた減りそうだね……やっぱり普通の人間は病と老いには勝てないかな?

かつて醜い商戦を繰り広げた相手が弱っている姿は、見ていてあまり気持ちの良いものじゃない。

あ、ウソだねこれは。別に何とも思わなかったよ、ワタシは冷血だから。

メアリーという少女は自らの快楽にのみ従う人間である。

今だってそうだ。自分が楽しみたいから裏で色々と糸を引いている。

因縁のあるクルミザワが相手だから少し歩みは遅いけれど、概《おおむ》ね進捗は悪くない。

「さて、ここから先は読めないねぇ」

話を物語に戻そうか。

当初の予定であれば、シホとクルリが対立してドロドロのラブコメになるはずだったけれど、そうはなりそうにない。

腑抜《ふぬ》けたヒロインに期待したワタシがバカだったよ。

このままなら大した盛り上がりもなくクルリが勝ってしまうかもしれないね。

ワタシの思い通りに動くことができたなら……彼女の悲願はいとも簡単に達成されてしまう。

クルリがコウタロウを奪ってもおかしくない展開になりつつあった。

一方、コウタロウの方は期待以上の成長を見せてくれている。

前回、母親との確執を乗り越えたおかげか、彼は完璧に進化している。

モブから、主人公へと成っている。

今回の『今度は俺が君を助ける番だよ』という一言には本当にしびれたね。

あれこそまさに主人公の言動だ。

この先、彼はいったいどう動いてくれるのだろう?

クルリを素直にすること。

クソジジイを元気にすること。

その二つを同時に解決するのは至難の業だ。

普通に考えると無理。今のキミでも少し難しい。

だから、今度は『覚醒』が必要だ。

リョウマに成し遂げられなかった、次のステージへ君が進むことができるのか。

愛に堕落したメインヒロインに惑わされずに、この物語をしっかりと盛り上げることができるのか。

キミたちが紡ぐ恋物語を、かつてクリエイターを自称していたこの『メアリー』が見届けさせてもらうよ。

それが面白くなるのかどうかは、もちろん主人公次第《コウタロウ》さ——。

◆

霜月《しもつき》しほという少女と話していると、不思議な感覚に陥ることがある。

「くるりちゃんっていつも辛《つら》そうだわ」

これは、りーくんの事情を知る少し前の出来事。

中山《なかやま》家でおやつを食べていたしほがぽつりとそんなことを呟《つぶや》いたのだ。

「いえ、違うわね。いつもじゃなくて、正確に言うなら……幸太郎《こうたろう》くんがいない時、くるりちゃんから苦しそうな音が聞こえるの」

そう言われてからだった。彼女の様子を注意深く見るようになったのは。

おかげで、りーくんに何か事情があることに気付けたのだ。

「助けてあげて。くるりちゃんは、あなたの前でしか笑えないみたいだから」

珍しく、しほはりーくんに対しては寛容である。

「……くるりちゃんの気持ちはよく分かるわ。だって、わたしと同じだもの」

しほがりーくんに懐いた理由。

それは、二人が似た者同士だからなのか。

「俺も彼女の助けになりたい気持ちはあるよ……」

でも、気になることがある。

「しほは、大丈夫なの？」

俺が他の女子に気持ちを向けてもいいの？

意外とやきもち妬《や》きな性格なのに、君は苦しくならない？

もし、しほが嫌なら俺は――。

「大丈夫って……何が？」

しかし、俺の懸念にしほは気付いていないようだ。

きょとんとして俺を見つめている。

「わたしなら大丈夫っ。だって、くるりちゃんはお友達なのよ？　幸太郎くんだけじゃなくて、わたしも色々と協力するわ！」

無邪気な笑顔にウソはない。彼女は本当に何も思っていないようだ。

嫉妬深いとまではいかないけれど、独占欲が強い傾向のある少女なのに。

何かがおかしい……と、深読みしそうになったところで、俺は思考を振り払った。

「……そうだね。りーくんの力になれるようにがんばろう」

「うん！　えいえいおーっ」

彼女だってりーくんのことを思っている。

ただそれだけなのだから……考えすぎるのはやめておいた。

◆

——そんな経緯があって、りーくんの事情に踏み込んだ。

でも、具体的にどうすればいいんだろう？

『おじいちゃんに、元気になってもらいたい』

『素直になりたい』

その二つを解決する手段がなかなか思いつかない。

病気を治すことは当然ながら不可能だ。俺はお医者さんじゃないし、奇跡の力を振りまく神様でもない。

とはいえ、りーくんがそれを求めているわけではないことも分かっている。

たぶん『おじいちゃんに笑ってほしい』というのが本音だと思った。

しかしながら、現状において祖父と孫娘の関係は険悪らしい。毎日のようにけんかして病室を飛び出していると、りーくんは語っていた。

だとするなら、二人の仲が良好になればいいのかな？

そうなったら、りーくんの祖父だって笑顔になるだろうし、りーくんだって素直になりやすいと思う。

……整理してみると意外と問題はシンプルだ。

ただし、やっぱり『何』をすればいいのかは思い浮かばない。

そういえば、前回もそうだったなぁ……結月《ゆづき》との縁談を解消する手段が思い浮かばなくて、その知恵をメアリーさんに借りた。

今はもう彼女に協力を求めることはできない。なぜなら、未《いま》だに休学のままで、行方知らず……あ、違う。一応、千《ち》里《り》叔母さんのメイドカフェで働いているみたいだけど、俺が遊びに行ったら決まって姿が見えないので、会うことはできなかった。

まぁ、お願いするつもりもないけれど。

とにかく、中山《なかやま》幸太郎はどうも『創造性』という部分が欠落しているらしい。

一人では完璧になれない存在なのだと思う。

その自覚がなかったかつては、一人で何とかしようとして失敗ばかりしていた。

でも、今ならもう悩まない。

素直に他人を頼ることができるくらいには、成長している。

「くるりちゃんとおじいちゃまが仲良くなる作戦が分からない？　それならみんなで考えればいいいじゃない！」

しほに頼ったら、即座に解決策を提示してくれた。

と、いうことで。

「これより『くるりちゃんとおじいちゃまのなかよし作戦会議』を開きますっ！」

週末、我が家のリビングに人が集められた。

現在、折り畳みの丸テーブルを中央において、円卓の会議のようにみんなが向かい合っている。これがやりたくてわざわざソファを隅に寄せたんだよなぁ……しほは雰囲気を重視するので仕方ない。

一応、普段掃除のしにくいソファの下が掃除できたので、良しとしておこう。

「余計なお世話ね。頼んでないわよ」

参加者の中にはもちろん当事者の胡桃沢《くるみざわ》くるり……りーくんがいる。

加えて、俺としほも当然ながらいて……それから、なぜか彼女もこの場にはいた。

「くるりおねーちゃんのために、梓《あずさ》もせーいっぱいがんばります！」

梓がしほにつられて手を掲げている。彼女もかなり意欲的だった。

「だから、頼んでないって言ってるでしょ？」

「あれ？　そういえばあずにゃん、どうしてくるりちゃんを『おねーちゃん』って呼んでるの？　わたしがあなたのおねーちゃんなのに？」

「霜月さんは梓より下の人間だからおねーちゃんにはなりませーん」

「うふふ、かわいい発言ね。弱いワンちゃんほどよく吠《ほ》えるらしいわよ？」

「……無視しないで」

りーくんを挟んで、しほと梓が威嚇しあっている。

お互いに見下しあっているという謎の関係性に、りーくんはあきれた様子だった。

「こら。けんかはやめなさい」

「「はい！」」

二人とも、りーくんには素直なんだよなぁ。

「さて、どういうことなのか……説明しなさいよ、中山」

場が落ち着いたところで、彼女が俺に意識を向けてきた。

「ってか、あんた……話したの？　こういうのは秘密にしなさいよ」

「それは、その……しほにはウソがつけなくて……ごめんなさい」

りーくんが不快になっても仕方ない。

込み入った事情を許可なく話したのだ……もちろんちゃんと謝ったのだけど、それが逆にりーくんにとっては好ましくないことらしい。

「べ、べつに怒ってはないわよ。だから、その顔やめて。シュンとしないで……慰めたくなっちゃうじゃない」

ものすごく慌てていた。それを見て、梓としほがニヤニヤと笑っている。

「あ、みてみて霜月さん！　くるりおねーちゃんがツンデレしてるー！」

「ええ！　やっぱりかわいいわ……ツンデレっていいわねっ」

「……さっきまでけんかしてたのに、なんで急に仲良くなるのよ」

表情が一転して、今度は恥ずかしさで真っ赤になるりーくん。

この場において彼女はとてもやりにくそうに見えた。普段、自らを守っている薄氷の膜は、みんなの温かさで溶けてなくなっている。

そのおかげか、りーくんはいつもより素直になりやすいのかもしれない。

「まぁ、あの……うん。とりあえず、あたしのことを心配してくれているのは分かっているわ。その気持ちは、嬉《うれ》しいから」

素直な感情が言葉に出ていた。意外と、俺たちの前だとこうやって柔らかくなるんだけどな……この雰囲気が、彼女の祖父の前でも出せたら大丈夫だと思うんだけど。

「くるりちゃん、わたしに任せて？　ママがこう言ってたわ……『しぃちゃんはやればできる子なのよ』って！」

「そうだよ！　どろぶね？に乗ったつもりで梓と霜月さんに頼ってね！」

「……泥船なら沈んじゃうわよ」

「あはは」

結構、シリアスな問題に直面しているとは思う。

だけど、しほと梓のおかげで空気はだいぶ緩くて笑ってしまった。

良い雰囲気だ。りーくんの表情も穏やかに見える。

「それで、くるりちゃんのおじいちゃまを大爆笑させればいいのよね？　漫才でもやろうかしら……ショートコント『ママのものまね』でパパを大爆笑させたことならあるわ」

「漫才なのかコントなのかものまねなのか分からないわね……って、そういうことをしたいわけじゃないのよ」

「あ！　梓、くすぐるのなら得意だよっ。昔、結月おねーちゃんにイタズラでこしょこしょしたら、過呼吸になってたいへんなことになったことがあるっ！」

「…………こーたろーっ」

しほと梓があまりにも的外れなことを言っているからだろう。

りーくんが珍しく泣きそうな顔になっていた。

気持ちは分かる。二人と話していたらいつの間にか雲の上のお花畑でふわふわお散歩している感覚に陥るから、戸惑うのだ。

「こほんっ。えっと、中山？　なんとかして」

「はいはい……しほ、梓、よく聞いてね。りーくんのおじいちゃんは笑いに飢えてるわけでも、無理矢理笑いたいわけでもないんだよ」

「「……………？？？」」

二人が同時に首を傾ける。案の定、勘違いしていたようだ。

「ご病気みたいで、元気が出ないらしいんだ。りーくんはそれを心配してるってこと」

「「なるほど！」」

今度は同時に頷《うなず》く二人。またしても息がぴったりだ。

「わたしもこの前、インフルエンザで寝込んでて元気が出なかったわ。あれと同じね」

「……まぁ、大きく分類したら一緒かもしれないわね」

「梓も、霜月さんにプリンを食べられて落ち込んじゃったから、あれと同じかぁ」

「……もっと大きいカテゴリーでくると、たしかに一緒ねっ」

いや、違うと思う。

でもこれくらいの認識が二人にとってはちょうどいいのかもしれない。

りーくんもそう判断したのか強い否定はしていないので、俺もそれに従った。

「しほは体調を崩した時、何をしてもらったら元気が出た？」

「それはもちろん幸太郎くんがお見舞いにきた時！」

「でも、りーくんがお見舞いに行っても、彼女のおじいちゃんはまだまだ元気が足りないらしいんだ。これ以上、何をすればいいと思う？」

「うーん？　甘いものを食べるとかはどう？　どんなに機嫌が悪くても、スイーツがあれば笑顔になっちゃうんじゃない？」

「……おじいちゃんはお菓子とか大嫌いなの」

「そ、そんな人間がこの世に存在するの!?　梓には信じられないなぁ……じゃあ、お小遣いはどう？　お金があれば全部解決すると思うー！」

「無邪気に邪悪なことを言わないで……それに、おじいちゃんは大地主で事業も経営している資産家だから、お金なんていくら積まれても無反応よ」

「お小遣いで無反応なんて正気かしら……びっくりだわ」

「むしろ、あんたたちの価値観がおじいちゃんと同じだと思っていることに、あたしは驚きを隠せないわ」

まぁまぁ、梓もしほも本気で考えてくれている。

たしかに少しズレている回答でもあるけれど……意外と、核心からは外れていないような気もするので、俺はさらに話を促した。

「他にもある？」

「そうね……少し、ヒントが少ないわ。ねぇねぇ、くるりちゃんのおじいちゃまって、何が好きなの？」

「好きなものは、ないわ。あの人は好き嫌いで物事を判断する人間じゃないから」

「えー？　じゃあ、将来の夢はないの？」

「おじいちゃんは七十八歳よ……将来の夢なんて——」

と、言いかけたところで、りーくんはハッとしたように目を見開いた。

ずっと濁っていた深紅の瞳に、わずかな光が宿る。

「そういえば……おじいちゃんは、前にこう言ってたわ。『くるり。貴様の子を見ることを儂《わし》は諦めておるのじゃがな』って」

もしかして、りーくんの祖父もツンデレさんなのだろうか。

仮にそうだとするのであれば、その言葉の裏は……りーくんの子供が見たいと、そういうことになるのだろうか。

「『貴様は儂に似て頑固じゃからな。受け入れてくれる男児がおるとは思えん……儂が見繕ってやっても構わんが？』とも言われたわ」

「……ちなみに、りーくんはなんて返答したの？」

「『余計なお世話よくそじじい。さっさとくたばれ』って答えた」

「マジか」

ツンツンしすぎててちょっと引いた。

思ったよりも、彼女と祖父の間にある溝は、深いかもしれないなぁ。

しかし、そういうことであれば、解決の糸口も見えてくるわけで。

「なるほどー。でも、すぐにくるりおねーちゃんの子供を見せてあげることはできないよね？　だって、いないもん」

「ふむふむ。だったら、くるりちゃんが恋人を連れてくればいいんじゃないかしら？」

シンプルな結論である。だからこそやっぱりいい感じだ。

しほも梓も素直に生きているので、思考がまっすぐである。

俺やりーくんのようにひねらない。だから、俺たちとは違う角度の意見が、たまに飛び出してくる。

「恋人……悪くない意見ね。でも、残念ながら相手がいないわ」

りーくんも一理あると感じたようだ。

緩んでいた気を引き締めるように腕を組んでいる。

「だけど、たしかにおじいちゃんにパートナーを見せてあげたら、喜ぶかもしれない。前々から、それとなくあたしの恋愛事情を探るような発言はしてたから」

「……なんだかんだ、りーくんのことを思ってくれてるんだね」

「ええ。それはもう、溺愛されてるわよ……」

ただ、お互いに素直じゃないので、こじれているらしい。

それなら、小さなきっかけでも、関係に進展はありそうだ。

俺たちにも何かしてあげられることは絶対にある。その手段を、見つけたい。

「くるりちゃんって好きな人はいるの？」

「もしいるなら、さっさと告白して付き合っちゃえば？　くるりおねーちゃん、美人さんだから告白されて断る男の子なんていないよっ」

「……そう言われるのは嬉しいのだけれど」

と、ここでりーくんは寂しそうに微笑《ほほえ》んだ。

「最近、失恋したわ。だからもう、好きな人はいない……ええ。できれば、この件に関しては触れないでくれるとありがたいわ。まだ、傷は完全に癒えてないから」

明確な拒絶とは、少し違う。

普段のりーくんみたいに刺々《とげとげ》しいわけじゃない。

ただ、触れただけで壊れてしまいそうなほどに、今の彼女は儚《はかな》い表情をしていた。

「「………」」

思わず、黙ってしまう。

梓も、しほも、俺ですらも、何も言えなくなって口をつぐんだ。

軽々しく出していい話題ではなかったのかもしれない……梓としほの顔にも申し訳なさそうな感情がにじんでいる。

ただし、それを彼女は嫌がっていた。

「ごめんなさい。そんな顔をさせたいわけじゃなかったのよ……責めているつもりも、怒っているわけでもないから。安心して、あたしは大丈夫。時間さえあれば乗り越えられる……自分の気持ちに区切りをつけたいの。そのためにもあたしは、くそじじいがくたばる前に感謝を伝えたい、というわけ」

少し冗談めかして、わざとらしく明るい声で言う。

やっぱり彼女は優しかった。その気遣いに今は甘えさせてもらおう。

「だったら、りーくんのおじいちゃんにパートナーを紹介するのは無理だね」

彼女に続いて言葉を発する。

しほと梓の緊張が解けるまで、場をつないでおこう。

りーくんも俺の意図に気付いたのか、嬉しそうに話に乗ってくれた。

「……いえ。その案には正直なところ、かなり魅力を感じているのよ。おじいちゃんもなんだかんだ人の子だから……若いころは冷血で気難しかったらしいけど、年を重ねてからはだいぶ丸くなったみたい。孫娘のあたしの未来を気にかけてくれている」

「でも、パートナーになりそうな人がいないから、仕方ないと思う。仮に、連れていったとしても……それはウソになってしまうわけだし」

「まぁ、この際ウソでも構わないわよ……適当に、その辺の男にお金でも払って頼んじゃおうかしら？　ほら、レンタル彼氏ってやつよ」

「うーん。あまり前向きにはなれないけどなぁ」

二人で言葉を交わしていたら、徐々に空気も弛緩《しかん》してきた。

よし、もう大丈夫かな？

「しほと梓はどう思う？　レンタル彼氏って、うまくいくかな？」

二人にも意見を求めてみる。

そうすると、ゆっくりではあるけれど、ちゃんと答えてくれた。

「えっと……梓は反対っ！　くるりおねーちゃんは美人さんだから、自分を安売りしないでほしいなぁ」

「安売りしているわけではなくて、事情があるから仕方ないでしょ？」

「わたしも、あまり気が進まないわ。誰か知らない人が相手ならちょっと怖いもの」

「そう？　まぁ、うーん……やっぱり、諦めるには惜しいわね」

しほと梓も難しい顔をしている。

ただ、りーくんが残念そうにしていた。

何か手段さえあればこの策を採用したいと、そう言いたげである。

「あんたたちを裏切りたい気持ちはないけれど……両親に相手を探してもらおうかしら？　事情を話したら、それなりに信頼できる相手を紹介してもらえる気がする。この際だし、適当にお見合いしちゃってもいいかもね」

……たぶんだけど、りーくんって結構なお嬢様なのかな。

祖父も資産家のようだし、結月の立場に近しい人間なのかもしれない。だとするなら、ご両親の紹介でもいいのだろうか。

「……どうしてもやりたいの？」

ただ、しほは未だに不安そうだ。

「ええ。ごめんなさいね？　霜月と梓が思っているよりも、あたしとおじいちゃんは……けんかしかできないのよ。きっかけが、どうしてもほしい」

多少強引な手段でも。

きっかけが……仲直りの足掛かりがほしいと、彼女は語る。

りーくんの意思は固そうである。しほはそれを察して唇を尖《とが》らせた……ただ、まだ心配そうで、諦めていないようだった。

「くるりちゃん？　あのね……あなたと、それから彼の気持ち次第のアイディアなのだけれどね？」

そこでしほは、一つの提案をする。

おそらくこの案は、その場にいる誰もが思いついていたものであり……しかし、しほの前だからこそ決して言えない内容のものだった。

それを、まさか彼女本人から切り出すとは、誰も予想できていなかっただろう。


「幸太郎くんはダメなの？」


……そうだ。この場における唯一の男性であり、一番に安心できる存在は、俺だ。

お金でレンタルする必要もない。りーくんのためであれば……君を助けたいと一番に望んでいるのだから、協力は惜しまない。

しかし、しほの気持ちを考えてこの案は即座に否定した。

「……あんたはいいの？」

りーくんが問う。複雑そうな表情で、しほの本意を探っている。

だけど、しほは頑《かたく》なだった。

「いいに決まってるわ。だって、くるりちゃんが苦しんでいるもの……幸太郎くんなら、あなたを助けられるわ」

「いや、でも……っ！」

「――もし遠慮しているのなら、わたしを甘く見ないで」

俺とりーくんを、牽制《けんせい》するように。

珍しくしほが俺たちに強い視線を送っていた。

「幸太郎くんのことは世界で一番に信用しているわ。もう、コンビニの女性店員さんにお釣りを渡されたくらいでは、やきもちを妬かないもんっ」

「……霜月さんが、なんだかおねーちゃんっぽくなってる！」

「ええ。わたしだって、ちゃんと成長しているわ。あずにゃんのおねーちゃんとして……幸太郎くんの、将来のお嫁さんとしても……ね？」

あと、梓におだてられてまんざらでもなさそうな顔をしていた。

そっか。しほも、やっぱり成長しているんだ。

余計に彼女を心配して、気を遣って……そういうことをしてしまう方が、逆にしほにとっては失礼なことだったのかもしれない。

むしろ、しほの気持ちに報いる方が、大切な気がした。

「しほ、ありがとう」

「いい女でしょう？　惚《ほ》れた？」

「それはもう、だいぶ前からずっと惚れてるよ」

「……えへへ～」

笑っている。その笑顔に、ウソはない。

心の底からしほはりーくんを助けたいと、そう思ってくれているのだろう。

「俺は大丈夫だよ。りーくんを助けられるのなら、協力は惜しまない」

「…………っ」

俺の言葉に、りーくんはグッと唇をかんだ。

何か、言葉を押し殺すように……いや、感情を噛《か》みちぎるように。

「あんたたちって……優しいわね」

かすれた声で、そう囁《ささや》いて。

それからりーくんは、笑ってこう言ってくれた。

「じゃあ、お願い。中山を借りるわ」

……いったい彼女はどういう感情を抱いているのだろう?

どこか作り笑顔にも見えて引っかかった……いや、また考えすぎているかもしれない。

裏を読もうとする悪い癖が邪魔で仕方なかった。

いいかげん、先の展開を予想して余計な不安を抱くのは、やめたいものである――。

❄ 第五話　タイムリミット

そうして、りーくんの『恋人のふり』をすることになったのだけれど。

「びっくりしないでね。おじいちゃんは本当に厄介な人間よ……偏屈という言葉が擬人化したような人格だから」

作戦会議の後。

りーくんと一緒に病院へと向かいながら、彼女の祖父について色々と教えてもらっていた。早速、挨拶に行くことになったのだ。

できれば俺のことを受け入れてくれるといいんだけど……りーくんの話を聞く限り、少し難しいような気もしている。

「胡桃沢一徹《くるみざわいってつ》。齢は七十八。若いころは教師としても各地の学校を転々としていたらしいわ。厳しいながらに的確な教育は数多《あまた》の優秀な生徒を生み出したみたい……その辣腕を振るっていたころよりはだいぶおとなしいけれど、今でも十分に厳格な人だから」

「まぁ、厳しいだけなら慣れてるから問題ないけど……」

俺の母もそういった系統の人種だ。

彼女の祖父――一徹さんにおびえる、ということはないと思う。

まぁ、一番の懸念はそこじゃない。

「覚悟しててね。おじいちゃんはあたしのことを溺愛しているわ……そのパートナーになる相手に、厳しくならないわけがない。ましてや、どこの馬の骨かも分からないあんたならなおさらね」

そうなのである。俺の母と違って一徹さんには『心』を感じる。

良くも悪くも、論理で考える母は正しいことであれば受け入れてくれる。

でも、一徹さんは違うだろう。

「まず最初から仲良くなれないことは確定よ。もしかしたら、あんたにとって厳しい言葉をかけられるかもしれない……本当に大丈夫？　中山《なかやま》が傷つくのは、ちょっと嫌ね」

りーくんはそこを心配している。

自分のことでも大変そうなのに、俺のことを気にかけてくれている。

こんなに優しい君のためなら罵詈《ばり》雑言《ぞうごん》くらい平気だ。

「大丈夫だよ。悪口には意外と強いんだ。むしろ、誉め言葉の方が慣れてないから戸惑っちゃうかも」

「そうなの？」

「うん。君と同じだ」

「べ……べつに、誉め言葉が苦手なんかじゃないわよっ」

と、いつもの様子で俺の言葉を否定するりーくん。

天邪鬼《あまのじゃく》な性格なので、それが反対の言葉であることはちゃんと分かっていた。

それから、しばらく歩く。

病院に到着して、面会の手続きを行い、病室へと向かって歩みを進める。

八階。エレベーターから降りてすぐの場所に、胡桃沢一徹さんの病室があった。

さて、そろそろご対面である。

「……行くわよ」

りーくんが姿勢を正す。

つられて俺も背筋を伸ばすと、彼女が病室の扉を三回叩《たた》いた。

「おじいちゃん、入るわよ」

返事は、待たない。

りーくんは勢いよくスライド式のドアを開けて、病室の中へと入った。

一方、俺はまだ中には入らないで待っていた。彼女に紹介されてから顔を見せる、という流れをりーくんと決めていたのだ。

なので、入口から病室の中を窺《うかが》う。

一徹さんってどういう人なのか気になっていたのだ。

そして見えたのは……手帳を片手に難しい顔をしている、筋骨隆々の大男である。後ろで束ねられた白髪交じりの長髪、ぼさぼさの髭《ひげ》……そして、鋭い眼光。まるで野武士である。病人とは思えない覇気を感じた。

「帰れ。儂《わし》は忙しい」

「孫娘が来てやったのよ。感謝して」

「頼んでないのじゃが？」

あ、でも、やっぱりりーくんのおじいちゃんだなぁ。

彼女もよく『頼んでないわよ』と言う。そこがそっくりだった。

「ねぇ、何してんのよ……まだごはんも食べてないじゃない」

「遺言状をしたためておる。無駄に金があるせいで分けるのが面倒じゃな……くるり、貴様に全部やっても良いか？」

「バカ言わないで。親族に恨まれちゃうから、むしろあたしには分け与えないでって前から言ってるでしょ？　めんどくさいわ」

「……ならん。もらえ。そろそろ儂が死ぬからな」

「いらない。あと、死ぬって言わないで」

「不出来な孫娘め。祖父孝行もできんのか！」

「お金なんてそんなにあってどうすんのよ！　くそじじい、いいかげんにして！」

……なんでそこでけんかになるんだろう？

孫思いのおじいちゃん。お金に関係なくおじいちゃんを慕っている孫娘。この二人はすごく素敵だと思うけどなぁ。

「金は要らんか？　だったら、土地を……」

「そういう話はもういい！　あのね、おじいちゃん……今日は紹介したい人がいるのっ」

このままだといつまでも本題に入れないと判断したのだろう。

りーくんが強引に話題を切り替えた。

「中山、こっちに来て」

「うん……失礼します」

りーくんに呼び込まれて、病室に足を踏み入れる。

そこでようやく、一徹さんは俺に意識を向けた。

「ほう、くるりが男を連れてくるとはな」

おそらく、俺の存在には気付いていたのだろう。驚いた様子はない。

ただし、こちらに視線を向けることもなかった。

まるで、その必要もないと言わんばかりに。

「初めまして、中山幸太郎《こうたろう》と申します」

「自己紹介は不要じゃ。儂は貴様に興味がないからな。小僧はもう帰れ」

「ちょっと、くそじじい！」

まるで野良犬をあしらうように手を振る一徹さんを見て、りーくんが不機嫌になっていた。

「中山にそんな態度とらないでっ……あたしの、大切な人なんだからね？」

怒りのせいだろうか。本当はもっと手順を踏んで、丁寧に俺のことを紹介する手はずになっていたのに、その過程をすべてすっ飛ばしていた。

「あたしの……こ、恋人なのよ」

ほのかに顔を赤くしながらりーくんが語る。その表情は、まるで本当に照れているみたいで……意外と、かなりの演技派なのだと驚かされた。

これなら一徹さんもウソだと思わないだろう。

「――笑止。小僧……儂はな、己が理不尽であることをよく理解しておる。今の時代において、孫娘が自分の所有物であるかのような発言が間違えていることも、認識しておる……じゃがな、そのうえで儂は貴様にこう言ってやろう」

でも、態度が真に迫っているからって、一徹さんが喜ぶわけではない。

「貴様に孫娘はやらん！」

断言した。

自分が正しくないと理解しているくせに、ハッキリと言い切った。

「月並みなセリフじゃが、もう一言。どこの馬の骨かも分からんクソガキに、儂の孫娘をやるわけないじゃろう。阿呆《あほう》め」

「……く、くそじじい!!」

そしてりーくんが激怒する。怒りは抑えてほしいって言ったけど……彼女は俺のことになると、視野が狭くなるんだよなぁ。

しほと初対面の時もそうだった。

彼女を悪女と決めつけていたくらいだ……あと、一徹さんは身内ということもあるのか、りーくんが感情的になるのが早い。

「心配してたじゃない！　あたしが、将来ちゃんと結婚できるのか、気になっていたでしょ!?　だったら素直に喜びなさいよっ……立ち上がって喜んで小躍りするくらいして！　そのまま元気になって退院するくらいやってよ！」

対して、一徹さんは冷静ではあるけれど、その態度は頑《かたく》なだ。

「くるり。子供のすることをすべて肯定することが正しいこととは限らん。貴様の甘ったるい親と一緒にしないでほしいものじゃ。儂はな、貴様のためを一番に考えておる。じゃから、貴様が選択を間違えていたとするならば、たとえ仇《あだ》なそうとも、嫌われようとも、認められぬものは認めん」

「し、死にぞこないのくそじじいが、偉そうに……っ！」

「悔しかったら儂が死ぬまで待つことじゃな。その時には、財産をすべてよこしてやるから、その金で小僧と幸せに暮らせば良いじゃろう？　別に、儂の許可が絶対に必要というわけじゃあるまいに」

「孫娘の心遣いをちゃんと理解してよっ……ばか！」

「理解はしておる。そのうえで言っておるのじゃ。そんな小僧に孫娘はやらん。ばーか」

話は平行線である。そして争いが低レベルなせいか、二人とも幼児退行していた……ばかって、高校生と七十八歳の口げんかで言っていい罵倒ではない気がする。

それが面白くて、思わず俺は笑ってしまった。

「あはは」

「ちょっと！　こーたろー、笑わないで。おじいちゃんにあんたからも何か言って！」

「小僧、随分と余裕があるようで何よりじゃ。なかなか肝が据わっておるな……どれ、少し『見て』やるとするか」

そして、一徹さんが俺に視線を移した。

今日初めて、この人が俺に意識を向けたような気がする。

りーくんと似たような紅の瞳だけど、少し陰りがある……そこには何か、不思議な力が宿っているように感じた。

すべてが見透かされているような目つきだ。

「っ……」

軽やかな気持ちが一瞬で吹き飛んで、体が緊張感に包まれる。

かつて、メアリーさんに見られた時のようなおぞましさを、思い出す。

「……無駄に長生きしているとな、あらゆる機能が低下していくことを実感する。体力も、聴力も、筋力も、知力も、かつてと比べたら雲泥の差じゃ。しかしな……おかしなことに、眼だけは衰えん。年を重ねるごとに、すべてが『見える』ようになる」

その話を聞いて、ふと思い出したのはしほの『聴覚』だった。

先天的に発達した鋭い感覚は、他者の人間性さえも聞き取れてしまうらしい。

超感覚。あるいは『第六感』とも表現できる、彼女の特殊な能力だ。

ただ、一徹さんの目は生まれつきのものではない。

だとするなら、もしかして、一徹さんは……積み重ねた経験によって、後天的に異常な『第六感』を手に入れたと、そういうことになるのだろうか。

「――紛《まが》い物か」

ぽつりと、こぼれた一言に体が強張《こわば》る。

紛い物。本物に似ているだけの偽物……俺を見て、一徹さんはそう評した。

「え……っ!?」

ドキッとした。

何か引っかかることがあったわけじゃない。図星を突かれたわけでもないのに、どうしてこんなに……後ろめたさを感じてしまうのだろう？

俺自身ですらもよく分かっていない部分がある。

そこを、一徹さんに『見られた』ような気がしたのだ。

「ふむ。やっぱりいかんな……見えすぎてしまう。貴様自身も気付いていない本質を知ったとて、儂にはどうでもいいことじゃ」

鋭い。そしてやっぱり只者《ただもの》じゃない……りーくんの前でこそ、頑固なだけの好々爺《こうこうや》に見えるものの、他者の前では老獪《ろうかい》な才人だ。

メアリーさんと同じ系統の人種なのかもしれない。

「故に、小僧とは言葉を交わす意味などない。さっさと出ていけ。あと、儂の孫娘を大切にするのじゃぞ？　儂は決して貴様を認めんがな、くたばった後に不幸にしたらあの世から祟《たた》る。覚えておけ」

「あ……えっと」

「ちょ、ちょっと！　くそじじい、いい加減にして……中山にひどいこと言わないでっ」

俺が狼狽《うろた》えたのを察したのだろう。

りーくんが心配するように寄り添って、背中をさすってくれた。

それを見て、一徹さんが不可解そうに目を細める。

「それとな、少し気になっておるのじゃが……貴様ら、本当に恋人か？　距離感が男女のそれではない。まるで……姉弟《きょうだい》じゃな」

姉と弟。

またしても見抜かれた一言に、今度はりーくんまで言葉を失った。

「この…………っ!?」

「くるりよ、そうにらむな。恋人らしくないように見えるだけじゃ……今から関係性を育むのであろう？　若人よ、時間はたっぷりある。ゆっくりでいい、しかし着実に仲を深めていけ。老い先短い頑固爺《がんこじじい》の戯言《ざれごと》じゃがな、存外に学ぶべきことも多かろう。留意せよ」

――一筋縄ではいかない。

初めての対面。今日は顔見せのつもりで、すべてを解決するつもりはなかった。

しかし、第一歩目がこんなにもうまくいかないとは思っていなくて、俺もりーくんも意気消沈してしまった。

「用事はすんだか？　それでは帰れ……儂は遺言状をしたためねばならん」

そして一徹さんは俺たちから視線を外した。

病室に来た時と同じように、再び手帳に視線を戻す。遺言状を書くと言っていたけれど、その手にペンはない……きっと、何か別のことをやっているのだろう。

あからさまなウソは、一徹さんの意思を表現している。

もうこれ以上、何も話すつもりはないと……そう言わんばかりの態度だった。

「上等よ。もう二度と来ないわよ、くそじじい！」

売り言葉に買い言葉。りーくんはすっかり、天邪鬼の仮面に支配されてしまっていた。

そのまま荒々しい足取りで、病室を出ていってしまう。

当初の予定ではこんなけんか別れになるはずじゃなかったのに……！

「えっと、ごめんなさい。失礼します」

こうなっては仕方ない。

ぺこりと一徹さんに一礼して、俺も踵《きびす》を返した。

「……孫娘をよろしく頼むぞ」

病室を出た直後。

かすかにそんな言葉が聞こえた気がしたけれど……振り返る前に扉が閉まったので、確認することはできなかった――。

◆

「もういい。あんなくそじじい、さっさとくたばればいいのよっ！」

りーくんの第一声がこれだった。

面会を終えて、病院を出る。帰路につくりーくんの足取りは荒々しい。

「こーたろーにもひどいことばっかり言って……本当に最低っ」

「まぁまぁ、あまり怒らないで」

「嫌よ。怒るに決まってるじゃない！　こーたろー、大丈夫？　傷ついてない？　くそじじいの言葉なんて全部忘れていいからね？　もう、こんなこともやめる……あんたが傷つくなら、くそじじいなんて見捨てるっ」

「……りーくん、落ち着いて」

俺のために怒ってくれるのは分かっているけど、そこまで言わなくても大丈夫。

「たしかに結構な言われようだったけど、大して傷ついてはないよ。厳しい言葉には慣れてるし……あと、改めてりーくんのおじいちゃんだなぁって、思った」

そっくりだった。二人とも、言葉の裏に優しさがあるのだ。

結局、一徹さんは孫娘のことを大切に思っているだけである……そこが分かっているから、何を言われようとも微笑《ほほえ》ましく感じたくらいである。

「本当は『くたばれ』なんて思ってないくせに、意地を張らないで」

「……だって！」

「一徹さんも、りーくんが来て嬉《うれ》しそうだったね。口は悪かったけど、歓迎してくれたんじゃないかな？　もっと、なんというか……元気がないとばかり思ってたから」

彼女から話を聞く限り、一徹さんの容体はそこまで良くないはずだった。

しかし、見た感じだと病人だとは思えなかったくらいだ。

「まぁ、うん。あたしの前でだけああやって平気なふりをしてるのよ。看護師からは『普段はずっと寝たきり』と聞いてるわ」

「そうなんだ……」

あの覇気がある様子からは想像もできない。

もしかして、不要な心配はかけまいと気丈に振舞っているのなら……やっぱり、二人にはもっと仲良くしてほしい。

部外者ではあるけれど、無視することはできなかった。

「また今度もお見舞いに行ってあげた方がいいよ。もし必要だったら、俺も付き添うから。『二度と行かない』なんて、そんな……」

結果的にけんか別れのような形になっていたので、それが気がかりだったけれど。

「あ、それは気にしないで。前に説明したでしょ？　いつもけんかして病室を飛び出してるって……帰り際にはだいたいああやって捨て台詞《ぜりふ》をはいてるから、お互いに慣れてるわ」

どうやら余計な心配だったらしい。

二人には、二人のコミュニケーションがあるのだろう。それなら良かった。

「とりあえず戻ろうか」

「そうね……霜月《しもつき》と梓《あずさ》も待ってるだろうし」

ひとまずお見舞いは終わりである。

実はこの後、しほたちと公園で待ち合わせしていたので、足早にそこへと向かった。

時刻は十四時。今日は天気がいいので、真冬だけどぽかぽかしていた。

空気こそ冷たいものの居心地は悪くない。

風もほとんどないので穏やかな休日である……散歩日和だなぁ。

そのせいだろうか。公園にいる二人は、とても元気だった。

「あずにゃん……おかしいわ。こんなこと、あってはならないわよ」

「別におかしくないよっ。なんでそんなに驚いてるの!?」

公園に到着すると、鉄棒の前でいがみあう二人を見つけた。

けんか……というか、じゃれあいに夢中なのだろう。俺とりーくんが近づいていること
に彼女たちは気付いていない。

「どうしてあずにゃんは逆上がりができて、わたしにはできないの？」

「それはつまり、霜月さんが梓より劣っているということだよ！」

「そんなことありえないわ。わたしはあずにゃんより格上なのに？」

「そんなことありえないってことがありえないんだからね!?　霜月さんは梓のこと舐《な》めす

ぎだよっ」

「だって、姉より優れた妹なんて存在していいはずがないもの」

「そんなの別に普通だよ！　中山家でも、梓の方がおにーちゃんより格上だもんっ」

少し離れたこちらにまで聞こえるくらいの声で二人は言い争っている。

梓……俺のこと、下に見ていたんだ。

いや、なんとなくそんな気はしていたので、驚きはないけど。

「こーたろー……人のことを上か下かで見ていることが間違えているって、ちゃんと教えないとダメよ？」

「ごめん。かわいくてつい、甘やかしてて……」

「はぁ……まぁ、こんな優しい兄がいたなら、妹が調子に乗るのは当たり前なのかしら」

りーくんはあきれている。

……あれ？　そういえば、幼いころにりーくんと遊んでいた時は、まだ梓と家族になる前だっけ？

でも、彼女は俺と再会した時から、梓と兄妹《きょうだい》だと知っていたような……いや、どこかで教えたのかな。

俺たちの関係性は結構普通じゃないので、学園内では知っている人間が少数である。

初めて聞いたら驚かれても不思議じゃないから……たぶん、俺がどこかで説明したのだろう。

いや、今はそんなことどうでもいいのだ。

とりあえず、しほたちと合流したので意識を現実に戻した。

「おーい」

声をかけて、二人はようやく俺たちに気付いたようだ。

「あ、おにーちゃん！　みてみて、梓ね……逆上がりできるようになってた！」

「わー！　見ちゃダメっ」

しほはなんで見せたくないんだろう？

両手をあげて俺の視界を遮ろうとしていたけど、それよりも早く梓が鉄棒で逆上がりしてみせた。

軽快にくるんと一回転。着地してから彼女はどうだ！と言わんばかりに胸を張る。

「すごいすごい」

パチパチと拍手を送ったら、今度は嬉しそうにニヤニヤと笑った。

「ふふーん♪　梓もちゃんと成長してるんだからねっ……あ、でも霜月さんはできないんだよ！　つまり梓がおねーちゃんでいいよね？　これからはしほにゃんって呼んでかわいがってあげるねっ」

「……屈辱だわ。あずにゃんに妹扱いされるなんて許せない。さ、逆上がりくらい……わたしだって！」

……この二人はもしかしたらシリアスという言葉を知らないのかもしれない。

お見舞いの様子とか、真っ先に聞いてくると思ったのに……まさか、逆上がりを見せつけてくるとは思いもしなくて、俺もりーくんも苦笑していた。

「えいっ……えい！」

「あははははは！　できてないよ、霜月さん……いや、しほにゃんっ」

「くぅ……くやちぃ」

しかも、しほに至っては逆上がりができていなかった。

ぴょんぴょんと跳んでおなかを鉄棒にくっつけては、落下して悔し涙を流している。

「ねぇ、中山……二人とも高校生よね？　この年齢で鉄棒と真剣に向き合えるなんて……もはや才能ね」

「うん、梓としほはすごいよ」

精神年齢が一緒くらいだからか、二人が同じ空間にいると時間が逆行する。

お互い、一人の状況だと意外としっかりしているのに、不思議だった。

「ふぅ、笑い疲れて喉乾いたなぁ。おにーちゃん、ジュース買ってきて～」

「あ、わたしは黒いやつ！　もちろん、カロリーオフは邪道よ。砂糖たっぷりで！」

「梓は透明なやつ！　もちろん甘い炭酸でねっ」

「……じゃああたしはコーヒー。もちろんブラックで。中山、頼んだわ」

りーくんまで……って、そういえばいつの間にか呼び方が『こーたろー』じゃなくなっている。もしかしたら、あの呼び方は二人きりの時限定なのかもしれない。

しほや梓の前では『中山』になるのか。

「分かった、ちょっと待ってて」

断る理由はないので、三人のために近くの自動販売機へと向かう。それぞれ要望通りの飲み物を購入してから戻ると、三人はベンチに座ってまったりとしていた。

「今日はいい天気だわ。ぽかぽかしてるけど……やっぱり動かないでいると寒いかも？」

「でも、くるりおねーちゃんがあったかーい！」

「ちょっと、くっつかないで。まったく……まあ、この時期は温泉に入りたいわね。休日にでも行こうかしら」

「温泉っ！　素敵……わたしも入りたいなぁ」

「梓も入りたーい！　あとね、温泉で卓球やりたいっ」

「……じゃあ、今度行く？　胡桃沢と親交のある家がやってる旅館だから、貸し切りとかにできるわよ」

「「行きたい!!」」

二人に挟まれて座るりーくんの表情は緩い。

しほと梓のおかげで力が抜けたようだ。

「はい、どうぞ」

「どうも」「遅いよおにーちゃんっ」「幸太郎くん大好きっ」

三者三様のお礼と引き換えに飲み物を渡す。

ベンチは三人でいっぱいなので、俺は立ったまま購入したお茶を一口飲んだ。

「中山、座る？」

「ああ、いいよ。気にしないで」

「おにーちゃん、こういう時絶対に譲らないからなぁ」

「そうね。気を遣われることが大嫌いみたいなの、甘えてあげて？」

さすが、二人は俺のことをよく分かっている。

りーくんは少し居心地が悪そうだったけど、俺の気持ちも汲《く》んでくれたようだ。これ以降は何も言わないでくれた。

「あ、そういえば、お見舞いどうだった？　くるりちゃんのおじいちゃま、幸太郎くんにメロメロだった？　『こんなに素敵な男の子がいるなんて信じられない！　安心だー！』って、言ってたんじゃないかしらっ？」

「そうやってうまくいけば良かったのだけれどね」

「むぅ。ダメだったんだ……じゃあ今度は梓が行ってあげよっか？　逆上がりできたし、たぶん大丈夫だと思う！」

「その根拠で大丈夫だと思えることを誇りに思いなさい」

緩い。相変わらず緊張感がなかった。

まぁ、おかげでりーくんの怒りもなくなっているし、これでちょうどいいのだろう。

「幸太郎くん、どうだった？」

「なかなか手強《てごわ》かったよ」

そしてようやく、病室で起こった出来事を二人に説明した。

一徹さんは思ったよりも元気だったこと。

言葉は厳しかったけど、孫娘思いだったこと。

俺のことを認めてくれなかったこと、などなど。

すべてを伝え終えて、しかし梓としほはさほど深刻そうな顔はしていなかった。

「話を聞いた限りだと、別に嫌われてるわけではなさそうね。それなら問題ないと思うの。

幸太郎くんなら、いつか信頼されるだろうし」

「初めてだったから、くるりおねーちゃんのおじーちゃんも緊張してたんじゃないの？

何回か行ったらたぶん大丈夫だよ～」

楽観的な考えではあるけれど、頭ごなしに否定するほど的外れではない。

意外と核心から外れていないので、りーくんも対応に困っていた。

「それは、うーん。そうなのかしら……判断するのは時期尚早ということ？」

「そうそう。じきしょーそーね」

「うんうん。じきしょーそー！」

言葉の意味はよく分かっていないんだろうなぁ。

しかしながら、りーくんはそれに気付いていない。

「まぁ、たしかにたった一回断られただけで諦めるのは早いわね。何度か顔を出して、おじいちゃんを安心させて、うまく懐に潜り込めたらきっと……！」

二人の言葉を吟味するように、何やら思案していた。

「霜月。もう少し、中山を借りてもいい？　毎日通えば、もしかしたら……おじいちゃんも、心を許してくれるかもしれない」

「え？　わたしは大丈夫よ。幸太郎くんが、問題ないなら」

「俺も大丈夫。むしろ、協力させてほしいくらいだ」

「おにーちゃん、がんばれ～」

俺とりーくんだけで話し合っていたら、こんなにポジティブになれなかった。

だけど、しほと梓がいてくれるおかげで常に気持ちが明るかった。

「あんたたちって、本当に仕方ないわね……でも、ありがとう」

りーくんも、もしかしたら救われているのだろうか。

俺たちが事情を知るまでは常に険しかった顔つきが、今は少しだけ落ち着いているような気がする。

「うん！　おじいちゃまが、元気になりますようにっ」

「あと、くるりおねーちゃんが元気になりますように！」

二人の無邪気な願いに、彼女は優しく微笑んだ。

「ええ。あんたたちのおかげで、もしかしたら奇跡が起こって……おじいちゃんも、元気になっちゃうかもね」

悲観的ではない言葉は、間違いなくしほと梓の影響だろう。

このまま一徹さんが回復して、りーくんも元気になってくれるかもしれない。

根拠はないけれど、そんな期待をしてしまった。

だって、この結末はとても綺麗《きれい》だ。

誰も不幸になることなく、ハッピーエンドで物語が終わるのだから。

しかし……残念ながら、現実はやっぱり優しくなかった。


「——おじいちゃんが、倒れたわ」

週明けのことだった。

放課後、りーくんとお見舞いに行こうとしたタイミングで彼女にそう告げられた。

緊急連絡を受けて、彼女は見るからに動揺していた。

「安心して。今のところ命に別状はない……少し病状が悪化していて、これから手術よ。明日には意識も回復するみたい」

「……良かった。じゃあ、明日にでもお見舞いに――」

「いいえ。それは無理ね。おじいちゃんが、面会を謝絶したらしいから」

「そんなっ」

「強がりな人なのよ……あたしに弱った姿を見られたくないいんだと思う。本当に、もう……くそじじいっ」

公園で、彼女は震える声を発する。

泣きそうな表情は、直視できないほどに痛ましさを秘めていた。

「いいかげんに元気になってよ……ばかっ」

どうやら、俺たちが思っているよりも……状況は悪いようだ。

悠長に、お見舞いの回数さえ重ねれば、なんとかなると考えていた。

でも、その余裕はないのだろうか。りーくんと一徹さんに残された時間は、もしかしたら想像以上に少ないのかもしれない――。

第六話 『まだその時じゃない』

念のため言っておくけれど、ワタシは何もしていないよ?

クソジジイの容体が悪化したのは偶然だ。正直なところ、少しだけ戸惑っているくらいには、予想外の出来事だった。

さすがにここまで残酷なことはできないよ……快楽主義者でこそあれ、ワタシは悪人じゃないからね。

本当に——ラブコメの神様は非道である。

ほのぼのエピソードになりかけていた物語をこうも力業で捻《ね》じ曲げるとは思わなかった。

こんなに強引な軌道修正、しがないキャラクターのワタシには到底不可能だね。

まさかこういう形で物語に時間制限を設けるとは。

コウタロウとクルリはここで選択を強いられることになる。

図らずともそれは、ワタシが求めていた展開でもあった。

……まぁいい。起きてしまったことはどうにもならないからね。

とりあえず、ワタシは彼らの物語を読み続ければいいか。こういう緊迫感が物語を引き締めてくれるのは事実だから。

さて、コウタロウ？

これからどうする？　このままだとクソジジイとクルリが仲直りする前に、すべてが手遅れになる可能性がある。

その前に、この件を解決してあげたいところだね。

モブキャラには到底なしえない救済だ。

しかし、主人公になったキミなら、できるはずだよ。

どうか足掻《あが》いてくれ。そうすればすべてが解決するはずだ。

そして、クルリ……そろそろ頃合いだね。

遠慮は不要だ。キミは、キミの欲望に従って、この機会を利用するんだ。

ほら、ワタシの予想通りになっただろう？

不遇のツンデレヒロインでも活路はある。

腑《ふ》抜《ぬ》けたメインヒロインは今、油断している。この隙に乗じて彼を奪ってしまえ。

そうすればきっとキミは、勝ち残れる。


――ワタシの言った通りに……ね？

こんなことが起こるとは知らなかった。

でも、こういうイベントが発生することは、読んでいた。

好機を逃すなよ、サブヒロイン。

時代にそぐわないせいか、敗北が増えた『ツンデレ』なんていう属性を背負わされたキミでも、今回は勝てるラブコメだ。

……屈辱だっただろう？

嫌悪している『メアリー』の手を借りたのは。

大丈夫、その思いは汲《く》んでいる。

後悔はさせない最高のシナリオを、キミには授けたつもりだよ？

さぁ、ワタシの思い通りに動いてくれ。

このままいけば……シホに一矢報いることができる。

文化祭の時に浴びせられた屈辱はまだ忘れていないよ。

クルリにとっても、それからワタシにとっても、現状はチャンスだ。

頼むぞ、サブヒロイン。シホからコウタロウを寝取ってくれ。

『告白されても、主人公の優しさに甘えて答えを引き延ばすようなダメヒロインが、他のサブヒロインに負けてしまいました』

最終的に、そういうワタシ好みの物語になるのも悪くない。

そしてワタシにこう言わせてくれ。

かつて、メアリーに一杯食わせたメインヒロインに、捨て台詞《ぜりふ》をはかせてくれよ。

ざまぁみろ……って、ね――？

◆

「霜月《しもつき》と梓《あずさ》には言わないで。二人には知られたくない」

一徹《いってつ》さんの手術に関して、りーくんに口止めされた。

「あの子たちには笑っていてほしい……この件を重く受け止められると、こっちが申し訳なく思っちゃうから」

変に気を遣っているわけじゃない。

ましてや過保護なわけでもない。

何も知らないでいてくれた方が、りーくんは接しやすいようだ。

「……分かった」

俺としては、言ってもいいような気はする。

しほと梓はちゃんと受け止めてくれるだろう。

ただ、この場合……りーくんの方が感情を整理できていないように見えたので、彼女の指示に従うことにした。

そういうわけなので手術のことは伏せて、とにかく一週間だけ面会ができなくなったことをだけを伝えた。

「むむむ。にゃるほど……くるりちゃんのおじいちゃまもツンデレさんなのね？」

「素直になればいいのに～」

おかげで、二人の雰囲気は軽い。

どうやら『孫娘が彼氏を連れてきて拗《す》ねている』と認識したみたいである。

一徹さんはそこまで器の小さい人間ではないように見えるけど……まぁ、この勘違いの方が都合がいいので、否定せずに曖昧に笑っておいた。

「また会えた時に、おにーちゃんを認めさせればいいんだよねっ？」

「認めさせる、というか……何をすれば、一徹さんは笑ってくれるんだろうね」

「もぐもぐっ。うーん、どうしようかしら……もぐもぐ。あ、これおいちぃ♪」

「本当!?　どれどれ……あ、すごい！　あま～い♪」

言葉を交わしながら、しほと梓がケーキを頬張る。

今日の話し合いは、いつもと違ってとあるカフェで行っている。

りーくんが誘ってくれたスイーツの有名なお店だ。本日はケーキバイキングが開催されていて、梓としほはさっきからずっと食べ続けている。

『甘いものを食べながらであれば、もうちょっと楽しく会話できると思うから』

そういう意図がりーくんにはあるようだ。

案の定、二人は終始幸せそうなので、作戦大成功である。

「あんたたち、本当によく食べるわね……そんなに美味《おい》しいの？」

「もちろんっ。ほら、くるりちゃんも食べて食べてっ？」

「はい、くるりおねーちゃん！　あーん」

「た、食べてるから……恥ずかしいわよ、もうっ」

二人のおかげで、りーくんもどこか楽しそうだ。

一徹さんの手術を聞いた当日は取り乱していたけれど……一日経《た》って、多少は気持ちが落ち着いたようだ。

「はぁ……おじいちゃん、なんで中山《なかやま》を受け入れてくれなかったのかしら。孫娘が彼氏を紹介したのよ？　もっと喜んでくれてもいいでしょ、普通」

「えー？　でも、梓はおじーちゃんの気持ち、分かるよ！　心配してるんじゃないかなぁ？　『儂《わし》の孫を幸せにできるのかー！』って」

「つまり、中山が信頼できないってこと？」

「信頼できない、とはちょっと違うの……うーん、なんだかんだ、大切な人が認めた人だから信頼はしてる。でもね、すぐには受け入れられない――って感じだよっ」

そう言いながら、梓はしほを見る。

「まぁ、どうせそのうち受け入れちゃうと思うっ。だって、何を言っても無駄だもん。二人は仲良しだから、諦めるしかなかったの」

「ふーん？　つまり大丈夫ってことね！」

「…………はぁ」

梓がひときわ大きいため息をつく。ジトっとした目は『霜月さんのことだよ？』と言わんばかりだ。

一方、しほはいつも通りのほほんとしていた。

「でも、わたしは納得できないわ！　幸太郎《こうたろう》くんを認められないなんて……そんなことありえないもの。彼以上に素敵な男の子なんてこの世界に存在しないのよ？　おじいちゃまったら、意地を張りすぎだと思うのだけれどっ」

そしてこちらはいつも通り俺のことを過大評価していた。

謙遜とか、遠慮とか、卑屈になっているわけじゃなく、純然たる事実としてそれは言い過ぎである。

それなのに、りーくんは首を縦に大きく振っていた。

「うんうん。分かるわ……分かる」

ああ、そっか。君も、俺に対しては甘いんだよなぁ。

「中山が認められないなんて、そもそもおかしいことなのよ。おじいちゃんって人を見る目があることで有名だけど……全然ダメね」

「まったくだわ。幸太郎くんは素敵なのに、それが分からないなんておかしいもの」

いやいや、言い過ぎだって。

悪い気分はしないけど、二人の会話を聞いているとむずがゆい。

「うへぇ～。おにーちゃんはそんなでもないんじゃない？」

この場で唯一、梓の認識だけがまともだった。

俺に関して盲目的なしほやりーくんと違って、彼女は意外と冷静なんだよなぁ。

とはいえ、無関心というわけじゃない。俺のことでちゃんと親身になってくれているわけで……そう考えると、一徹さんの思考に一番近いのは、梓なのかもしれない。

家族のことを大切に思っている、という共通点が二人にはあった。

「『二人はどうせ仲良しだから、諦めるしかなかったの』……か」

梓の言葉を反復する。

この一言が引っ掛かっていた。

「そういえば、一徹さんは俺たちを見て『恋人らしくない』って言ってた」

俺とりーくんは『姉弟《きょうだい》』のように見えると指摘された。

そんな距離感だからという理由もあって一徹さんは違和感を覚えたのだろうか。

「そういえば言ってたわね……でも、恋人らしくしてたところで、おじいちゃんは認めてくれるのかしら」

「……認めるよ、絶対。だって、大切な人の、大好きな人だもん。認めてあげないと、大切な人が傷ついちゃうんだから、認めるしかないんだよ……悔しいけど、認めないとダメだったんだよ!? うぅ、悔しいけど、あの人がおねーちゃんになっちゃうんだから、しょうがないよっ」

梓の言葉には感情が乗っかっていた。

そっか。しほのことを、そういうふうに見てくれていたのか。

あの梓が、俺のために受け入れてくれたんだ……こういうところを見ると、義妹《いもうと》の成長を実感する。感動してなんだか泣きそうだった。

「大きくなったなぁ」

「ぎゃー!? な、撫《な》でないでっ。子供扱いしないで! がぶっ!」

衝動的に頭を撫でたら思いっきり噛《か》まれたけど、まぁいいや。

話を元に戻そう。

「まぁ、他に良さそうなアイディアもないし……来週、病室に行く時は『恋人らしくする』ことを意識してもいいんじゃないかな?」

今はできることが少ないのだ。ひとまず試してみてもいいと思う。

しかし、りーくんはなんだか不安そうだ。

「恋人らしくなんて、できるかしら」

……それは俺も、自信があるとは言えない。

どうすれば恋人らしくなるかなんて、分からない。

だって経験がないのだ。しほとも付き合っているわけじゃないし……。

そう考えると、俺まで不安になってきたなぁ。

「ふむふむ。なるほど、分かったわ！」

と、ここでしほが総括するように大きく頷《うなず》いた。

何やら得意げな顔つきで、彼女はこんなことを言う。

「恋人らしくなりたいのであれば、恋人らしいことをすればいいじゃない！」

相変わらずのシンプルで素直な発想。

そしてそれは、まっすぐだからこそ……油断すると迷ってしまう俺たちの道しるべとなってくれるのだ。

「つまり……温泉旅行に行けばいいのよ！」

ただ、今回は……しほらしいけれど、しほらしくない発想で。

「もちろん、二人でね？」

「「二人で!?」」

その提案に、俺とりーくんは驚くことしかできなかった――。

◆

やっぱり、りーくんはかなりのお嬢様らしい。

移動用に彼女が乗ってきたリムジンを見て、それを強く実感した。

「べつに、自慢になることじゃないわ。たしかに金銭面で不自由はない。ただ、しがらみも多くて息苦しいの。あと、周囲の嫉妬や、親族のドロドロな関係も、見ていて病みそうになる」

車内で彼女は語る。

肌ざわりの良い革製の座席を、ため息交じりに撫でながら。

しかし、その顔つきは決してシリアスなものではない。

「お嬢様に生まれて良かった、なんて一度も思ったことはない……でも、今回は特別ね。温泉旅館を貸切るなんて、それこそお金持ちの特権でしょ？」

にこやかに微笑《ほほえ》みながら、今度は彼女の膝枕で眠る二人の頭を撫でるりーくん。

その手つきは、先ほどよりも優しかった。

「こうして、あんたたちと小旅行に行けて……本当に嬉《うれ》しいわ」

週末。俺たちは休日を利用して、温泉旅館で一泊二日の小旅行に出かけていた。

りーくんの知り合いが経営している旅館らしい。

山奥にある秘湯で、アクセスも易しい場所ではない。

しかし、だからこそ人も多くないし、落ち着ける場所として彼女たちは時折利用しているようだ。

「こういう言い方をするのはあまり好きではないけれど、あたしたちみたいな人ご用達《ようたし》の高級旅館なの。鼻につくのは我慢して……その分、居心地は良いから」

「いやいや、むしろそういう場所を利用させてくれるなんて、楽しみだよ。鼻につくなんて、とんでもない」

「そう？　だったら、良かった。お金持ち特有の、無意識にマウントを取るみたいな感じが嫌なのよね」

「気にしすぎじゃないかな？　ほら……しほと梓も、楽しみにしてたから」

二人の名を呼ぶ。そうすると、再びりーくんは膝元に目を落として、すやすや眠る彼女たちを見てほっぺたを緩めた。

「うん。テンション、高かったわね」

「はしゃぎ疲れてお昼寝しちゃうくらいには、この小旅行も楽しみにしてたみたい」

「……やっぱり、二人も一緒に連れてきて良かった」

その言葉に、俺もしっかりと頷いた。

今回の小旅行には『俺とりーくんがもっと恋人らしくなるため』という名目が一応ある。

当初は……というか、しほは『二人きりで行った方がいい』と言っていた。

でも、それをりーくんが拒んで、結局しほと梓も参加することになったのだ。

『二人きりなら行かない。おじいちゃんとも仲直りしなくてもいい。あたしは、べつに……あんたたちを、裏切りたいわけじゃない』

りーくんの言葉を思い出す。

彼女は頑《かたく》なだった。一徹さんのことで精神的に辛《つら》いはずなのに、俺たちのこともしっかり考えてくれていたのだ。

俺も、二人きりというのはなんだか違和感があったので、あまり前向きではなかった。

たぶん、しほと梓がついてこないという選択をしていたら、この小旅行が中止になっていたことだろう。

そう考えると、二人がいて良かったと心から思う。

「まったく……こんなリムジン一つで二時間はしゃげるなんて、信じられない」

「まぁ、初めて乗っただろうし、仕方ないよ」

「そういうあんたは冷静すぎじゃない？　もっと驚きなさいよ……普段は乗らないけど、サプライズのために実家からわざわざ来てもらったの」

そういうわけで、俺たちはリムジンに乗せられて旅館まで移動していた。

黒塗りの高級車に梓としほは興奮していたけれど……俺は何度か経験があるので、りーくんが期待したようなリアクションはできなかった。

「俺の分も二人がびっくりしてたから、もういいかなって」

「……それもそうね。本当に、かわいいんだから」

広い車内は二人が横に寝そべっても十分にスペースがあった。

その中央で、膝枕を貸してあげているりーくんは、優しい手つきで梓としほのほっぺたをつついでいる。

「すやすや」

「んにゃぁ」

それでも二人は起きない。安心しきった子猫のようにぐっすり眠っていた。

ひとしきりリムジンを楽しんで、それから遊び疲れて眠って……こう見ると、幼い子供だった。おかしいなぁ、同級生なのに。

「本当に、もう……無防備なんだから。もうちょっと、警戒しなさいよ。そうじゃないと、悪い女にだまされちゃうわよ？」

二人……というか、どちらかというとしほのほっぺたを重点的に、りーくんが弄んでいる。

「自分の大好きな人を、他の異性と二人きりにしようとするなんて……そんなこと言ったらダメよ」

……その言葉は俺も気になっていた。

『温泉旅行で二人がもっと仲良くなって、恋人らしくなればいい』

その純粋な思いは、しほらしいとも言える。

でも、あのやきもちばかり妬《や》いていたしほがそんなことを言うなんて思っていなかった。

……いや、そもそもの話、俺がりーくんの『恋人のふり』をすることも、彼女が許容してくれるなんて、信じられない話なのだ。

だってしほは、心が狭い。もちろん良い意味で。

意外とわがままで、独占欲も強い女の子なのだ。

大人の余裕、みたいなものは彼女に備わっていないのである。

（どういう心境の変化なんだろう？）

今、しほは俺のことをどう思っているんだろう？

大切に思ってくれているのは分かっている。でも、その感情は……ちゃんと未来に向かっているのだろうか。

そのあたりもちゃんと確認してみたい。

（うーん……これも、彼女を焦《じ》らすことになるのかな？）

でも、まだ迷いがあって、俺もなかなか踏み込めずにいた。

……いや、落ち着け。

今は目の前のことに集中しよう。

とにかく、まずはりーくんと一徹さんのことを解決してからだ。

余計なことは考えるな。

そう、自分に言い訳して……俺は、ぐっすりと眠る彼女から目をそらした。

◆

車で四時間。人が少ない山奥に、その温泉旅館はあった。

綺麗《きれい》に整備された駐車場にリムジンが停車。車から降りると、古いながらに風情のある和風の建築物が見えた。

いかにも老舗《しにせ》っぽい雰囲気が醸し出ている。

玄関に設置されている木製の看板には『豊穣《ほうじょう》』と書かれていた。おそらく、旅館の名前だろう。

「ゆたか……？」

「きょく……まめ？」

しほと梓が看板を見上げてポカンと口を開けている。

二時間ほどリムジン内でお昼寝した後だからだろうか……その表情はどこかぼんやりしていた。

まぁ、漢字が読めないのは、寝起きが原因ではないと思うけど。

「『ほうじょう』ね。農作物が豊かに実ることよ」

「「ふーん」」

「……あんたたち、分かる気ないでしょ？」

相変わらず、お勉強は嫌いなのだろう。

言葉の意味なんてもう忘れてしまったといわんばかりに、二人はきょろきょろと周囲を見回している。

「なんかあれだわ。こう……和風！」

「うんっ。すっごい和風！」

しほと梓にとって、温泉旅館の第一印象はそれらしい。

まぁ、言いたいことは分かる。歩道こそ歩きやすいように舗装されているけれど、一歩外れたら砂利が敷かれていた。夜に点《つ》くであろう外灯も石造りで、少し先には庭園のようなものが見える。橋のかかった小さな池や、整えられた松など、和の印象が強い。

「古くからある旅館なのよ……風情と趣があるでしょう？」

「うんうん。『ふぜー』にあふれてるわ！」

「そうだね。『おもむき』がいっぱい！」

「……中山、この子たちには国語力が足りないわよ。しっかり教えて」

「ご、ごめんなさい」

なぜか俺が怒られたけど、まぁそれはいいのだ。

「入るわよ」

りーくんを先頭に旅館内へと入る。

扉を開けると……そこにはもう、複数人の従業員が待ってくれていた。深々と頭を下げて俺たちを出迎えてくれる。

さすがは資産家ご用達の高級旅館……恐れ多いと感じるほどの丁寧さだ。

「くるりお嬢様、ようこそ。お待ちしておりました」

従業員を代表するように、和服姿の老齢の女性が声をかけてくる。

いわゆる、女将《おかみ》さんなのだろう。

「さぁ、中へどうぞ。お部屋にご案内いたします……あ、荷物は私どもにお任せくださいませ。手ぶらでどうぞ」

「はい、お願いします」

抱えていた荷物を渡して室内へと入る。

「し、失礼しますっ」

「します……っ！」

知らない人がいるせいで急に人見知りを発動させた二人は、さっきよりもおとなしくなっていた。俺の後ろに隠れるように小さくなっている。

そんな彼女たちを、従業員の皆さんが微笑ましそうに見ていた。

「ついてきて」

促されるままに、りーくんの後ろを歩く。中は土足厳禁だったので、用意されたスリッパを履いてから先導するりーくんについていった。

「ほへ～」

「す、すごい……」

梓としほはまたしてもきょろきょろと周囲を見回している。いかにも高そうな絵画や、置物などを見ては目を輝かせていた。

庶民的な暮らしをしている俺たちには縁のないものばかりだから、それも無理はない。

後でゆっくり見学とかさせてもらえないかな……と、考えていたら、先頭から女将さんとりーくんの会話が聞えてきた。

「わざわざ貸し切りにしちゃって申し訳ないわね」

「あ、それなのですが……少しよろしいですか？　実は、本家から一組、どうしても利用したいとお願いされてしまいまして——」

「そうなの？　まぁ、別にいいけれど……ふーん、本家からねぇ。あんたたちも断れなかったんでしょ？」

「はい。お世話になっている胡桃沢《くるみざわ》様のご意向も汲みたかったのですが……」

「仕方ないわよ。ただ、あまり鉢合わせはしたくないから、そのあたりは配慮してくれると嬉しいわ」

「それは、もちろんでございます」

なるほど……他の利用者もいるらしい。

こんなに立派な施設だから、俺たちだけで使うなんて贅沢《ぜいたく》である。敷地も広いのでお互いに干渉することもないだろう。

それに関してはさほど気にはならなかった。

「こちらでございます。ご自由にお使いくださいませ」

案内されたのは畳張りの和室だった。煌《きら》びやか、というよりは落ち着いた部屋でとても居心地が良さそうである。

内装は広くて快適そうだ。置かれている座椅子やローテーブルなど、特別なものは見られない……一見すると、ありふれた旅館にも見える。

ただ、用意されている備品の一つ一つが、かなり高級そうだった。素人目にもそれが感じられるのだから、かなり質がいいものなのだろう。

ただ、贅沢なイメージが薄い部屋なので、そこは意外だった。

「地味に見える？」

俺の目線で、何を考えているのかだいたい分かったのだろうか。

りーくんが丁寧に説明してくれた。

「都会の暮らしに疲れた金持ちって、あんたたちが想像するよりもはるかに多いわよ。ほら、ここってテレビすらないでしょう？　自然に囲まれた静かな場所で、喧噪《けんそう》を忘れて穏やかに過ごす場所としてよく利用されてるわ」

華やかな暮らしをしているからこそ、抱える苦労があるのだろうか。

「そうなんだ……りーくんもよく来てるの？」

「最近はあんまりだけど、小学生のころに何度か遊びに来たわ。父と母は二人でよく来てるみたい……いわゆるお得意様で、管理費用の一部も援助してるらしいわ。おかげで、あたしのわがままも通じるってわけ」

「なるほど」

「まぁ、そういうわけだから、いかにも『金持ち！』みたいな宿泊施設ではないけれど、そこは許してね」

いやいや。むしろ俺はこういう落ち着いた雰囲気の方が好きである。

それから、彼女たちに関してはもう、細かいことなんてまったく気にしていなかった。

「わー！　奥にも部屋がある……お、お布団だよっ。霜月さん、こっちにお布団がある！　しかもすごい、ふかふかしてる!?」

「えー？　わたし、眠る時はベッドが好き……って、ふかふかすぎるわ!?　こ、これなら一瞬で眠れちゃいそうっ」

案内してくれた女将さんや、荷物を運んでくれた従業員がいなくなったから、二人は人見知りを忘れてはしゃぎだした。

室内を探検するように走り回っている。

「そこは寝室よ。あ、こら……まだ眠らないから、布団を広げないで」

「ちょっとだけ！　お願い、くるりおねーちゃん？」

「一瞬だけだから！　枕とお布団の感触を確かめたいだけなのっ」

「………ちょ、ちょっとだけよ？」

りーくんが二人を制止しようとしたけれど、意外と押しに弱い彼女には止められなかったようだ。

まだお昼なのに布団が広げられる。その上に梓としほがゴロンと寝転がった。

「あ、これはダメなやつだわ。うん、もう起き上がれないかも……」

「そうだねぇ……んにゃぁ、なんだか眠たくなってきたなぁ」

人をダメにするほど高品質な素材なのか。

あるいは、もともと二人がダメ人間なのか。

おそらくは両方が原因なのだろう。二人ともすっかりお休みモードだった。

「中山、なんとかして。今寝たら、夜眠れなくなるから」

「ああ、たぶん大丈夫。二人ともすぐに飛び起きるよ」

現在時刻は十三時。そろそろあれの時間である。

「失礼します、昼食をお持ちしました」

ちょうど良いタイミングだった。

ふすまの奥から女将さんの声が聞こえてくると同時、

「「ごはん！」」

二人が布団から飛び起きた。

彼女たちは欲望に忠実である。だから、ごはんの時間とおやつの時間になったらすかさず起きるので、心配はまったくしていなかった。

◆

——美味しいごはんを食べた後。

「中山様、当旅館では幾つか温泉がありまして……ほとんどが男湯と女湯できちんと分かれているのですが、露天だけは一つしかなく、時間帯によって男湯と女湯を分けております。ご注意くださいませ」

「え、そうなんですか？」

「昔からある露天の温泉らしいわよ。工事の手を入れて男女別々に作るのももったいないから、なるべく状態を維持して利用しているみたい」

女将さんに旅館のことを色々教えてもらっていたら、不意に違和感を覚えた。なんだか急に静かになったのである。

気になって振り返ると、つい数分前までオシャベリしていた二人がいなくなっていた。

「あれ？　梓としほは……」

部屋を見回しても彼女たちはいない。

まさかと思って、顔を上げると、奥のふすまが少しだけ開いていた。

あそこは布団の置かれていた寝室である。

立ち上がって、確認してみると……やっぱり、二人が一つの布団で仲良く寝ていた。

「え？　寝てるの？　車の中で、あたしの膝を枕にして二時間寝てたのに？」

りーくんも、ぐっすり眠る二人を見て驚いている。

まぁ、これは仕方ない。

「普段、あんまり外出しないから……たぶん、久しぶりの長旅で疲れたんだと思うよ」

車の移動が四時間。リムジンがいくら快適とはいえ、やっぱり疲労はあったと思う。

加えて、今日は朝からテンションが高かったので……食欲も満たされた今、眠気が最高潮に達したのだろう。

「なんだか、子供みたいね」

「うん。子供みたい……というよりは、子供らしく振舞えるほど安心してるんだと思う。一人の時とかは、意外としっかりしてるよ」

「ふーん……あんたの前だから、かしら」

ぐっすりと眠る二人を……いや、りーくんはしほをジッと見つめながら、こんなことを小さく呟《つぶや》いた。

「梓は分かるのよ。あんたの家族だから、甘えてることも理解できる。でも、霜月の甘え方が……ちょっと、引っかかるわね」

「引っかかる？」

しほのどんな部分に違和感を感じているのか。

りーくんの目には、何が見えているのだろう。

「……ここで話すのもあれだから、出るわよ」

ゆっくりとふすまを閉めて、りーくんが部屋を出ていく。

控えていた女将さんに食事の後片付けをお願いしてから、歩くことしばらく……やってきたのは、庭園の見えるガラス張りの部屋だった。

しかも、ガラス際には温かそうなお湯が流れている……これは、あれだ。

「足湯に浸《つ》かれるのよ。温泉にはあの子たちが起きてから入るとして、ちょっとここで話しましょうか」

管理しているのであろう従業員に会釈して、りーくんがお湯に足を入れた。

その隣に俺も座って足を入れると……心地良い温かさに体の力が抜けた。

後でしほたちもつれてきたいと、そう思わせるほどに気持ち良い。

なるほど。リラックスして話すにはいいかもしれない。

「ちょっと前から聞きたいことがあったのよ」

ガラス越しに見える日本庭園を眺めながら、りーくんが話を始める。

部屋の暖房はあまり強くないせいか、空気が冷たい……ただ、その分足元が温かく感じられるので、ちょうど良かった。

「聞きたいことって？」

「あんたと霜月の関係性について、よ」

……そっか。

やっぱり、りーくんは感じ取っていたようだ。

俺としほの間にある、小さな隔たりに。

俺たちですらうまく言語化できない違和感が、彼女にも見えていたようだ。

「霜月が悪女ではないことは分かってる。彼女が人をだませる人間ではないことも、ね……でも、だからって今の関係性は健全じゃないでしょ。あんなに、こーたろーに心を許してるのに、どうして……」

どうして付き合ってないわけ？

セリフの続きは、言葉にせずともきちんと伝わった。

「なんで、あたしが『恋人のふり』をしても、嫌がらないの？」

「……それは、俺がりーくんを助けたいからで――」

「違うわよ。あんたの話じゃない。霜月のことを、言っててんのよ」

深紅の瞳は未《いま》だにこちらには向いていない。

でも、ガラスに反射する瞳は、まっすぐこちらを射抜いていた。

「そうやってあんたが無意識にかばうから良くないんじゃないの？　あんたなら全部許してくれるって……こーたろーならきっと大丈夫って、油断してるようにしか見えない」

「油断……か」

「ええ。たとえば――」

と、ここで不意に、彼女が俺の肩をつかんだ。

ぐっと顔を近づけて、耳元に唇を近づける。

「あたしがここで、あんたに迫ったらどうなるのか……考えないの？」

囁《ささや》くような声に、体が震えた。

まさしく、油断だった……俺は彼女をまったく警戒していなかったのだ。

「あんたもそうよ。二人とも無防備すぎる……あたしが悪い気を起こしたらどうすんのよ。どうして、こーたろーと霜月はあたしをそんなに信用してるのよ。意味が分からないわ……見ていて心配になる」

りーくんは、一徹さんのこともあるので決して余裕がある状態ではないはずだ。それなのに俺たちのことも気にかけてくれている。

本当に、彼女は優しかった。

「あんたたちが恋人にはなれない原因は、どっちにあるの？　こーたろーが悪いの？　霜月が悪いの？　ねぇ、教えて……あんたたちは、何を言い訳にしてるの？」

俺としほ。どちらが付き合うことを拒絶しているのか。

何が理由で、恋人になっていないのか。

「こーたろー。お願い……あんたたちが先に進まないと、あたしだって――整理できないのに」

はたして、整理するべきものは何なのか。

詳しく知りたい。

彼女がどうして、俺たちに親身になってくれるのかも、教えてほしい。

そのためにも、まずは俺たちの問題について話す必要があった。

ここでちゃんと、りーくんに言うことができたら……俺たちの関係も改善されるかもしれないと、期待した。

いや——それは許さない。

まるで、何者かがそう言っているかのようなタイミングだった。

「あれー？　ゆづちゃん、ここに足湯があるんじゃないわけ？」

「す、すみません！　久しぶりに来たもので……はわわっ」

「まぁまぁ、落ち着けってキラリ。散歩できてちょうど良かったじゃねぇか」

「龍馬《りょうま》さんはやっぱり優しいです……それに比べてキラリさんはあれですね」

「おいこら。アタシも別に責めてないんだけど？　ゆづちゃん、最近なんか言うようになったじゃん？」

「お、おい！　けんかするなって……」

最初、幻聴かと思った。

だって、まさか……こんな県境を越えた場所で『遭遇』なんてこと、ありえない。

でも、あいつの声を俺が聞き間違えるわけがない。

「鉢合わせしないように配慮してって言ったのに……って、あれ？　こーたろー？　どうかしたの？」

そういえば、あと一組旅館に来ると女将さんが言っていた。

りーくんはその言葉を思い出したのだろう。あきれたように息をついていたけれど、それにしても俺の様子がおかしくなったことを察したようだ。

「そんなに露骨に、嫌そうな顔をするなんて――珍しいわね」

ああ、俺はそんな表情を浮かべているのか。

やっぱり、あいつだけは特別なんだろう。

「竜崎《りゅうざき》」

その名を呼ぶ。

直後、あいつが部屋に入ってきた。

「……なんでてめぇがいるんだよ」

俺を見て、第一声から敵意をむき出しにする竜崎。

それから、隣にいるりーくんを見て……あいつは怒りをにじませた。

「そしてこれはどういう状況だ……中山。なんでてめぇはしほじゃない女と、一緒にいるんだ？」

怒鳴《どな》り散らしているわけじゃない。

静かな声で問い詰めるような態度が、竜崎らしかった。

「はぁ……なんでこんな時に遭遇するんだか」

うんざりしてため息がこぼれる。

それは、俺らしくない攻撃的なセリフだった。

「あれ？　どうしてこーくんがいるわけ？　ちょっと、どういうこと!?」

「幸太郎さんと、それから……！」

竜崎の後ろからひょっこりと顔を出したキラリと結月《ゆづき》も、ようやく状況を把握したようだ。いきなり俺が登場したから二人も驚いている。

……いや、違う。キラリはたしかに俺を見ていた。

でも、結月の視線は俺じゃなくて、りーくんに注がれていた。

「ひぃっ。や、ヤンキーの……くるりさんですぅ。彼女、小さいころから苦手です。気性が荒くて……っ！」

「本家からの来客って、あんただったわけね……北条《ほうじょう》。あたしだってあんたは苦手よ。おとなしいくせに頑固でわがままだから」

意外なことに、二人は旧知の仲らしい。

胡桃沢くるりと北条結月。

立場が似ている二人だと思っていたけれど……だからこそ、接点もあったらしい。

「豊穣……なるほど。『北条』か」

今、やっと気付いた。

そういえば結月の家は旅館を経営していると、この前千里《ちり》叔母さんが話していた。

この旅館は、結月の家が管理している場所であり……そのお得意様が『胡桃沢』と、そういうことになるようだ。

それもあって二人は顔見知りなのだろう。意外と世間は狭い。

「俺の質問を無視すんなよ、中山……早く答えろ。これはどういう状況なんだ」

相変わらずの圧に、思わず苦笑した。

こちらの意思なんて関係ない。俺の言うことに従えと、そう言わんばかりの態度がお前らしいよ。

本当に、好きじゃない性格だ。

そう思っているせいで、いつものように穏やかになれなかった。

「なんでわざわざ説明なんてしないといけないんだよ。お前には関係ないだろ?」

余計な角が立つと分かっているのに、感情が抑えられない。

竜崎にだけは、どうしても素っ気なくなってしまう。

「ねぇ、ちょっと……せっかくの旅行なんだからけんかはやめてよ」

「そうですよ。龍馬さんも、幸太郎さんも、落ち着いて……っ！」

「落ち着けねぇよ。だってこいつは……しほを裏切ってるかもしれねぇだろ？」

空気が、一気に険悪になった。仲裁に入ろうとしたキラリと結月も困惑している。

それでも、竜崎は制止できないようだ。

「別に、しほに未練があるわけじゃねぇぞ？　今更、何かを思っているわけじゃない……だけどよ、だからってだまされているのをみすみす見逃すことはできねぇよ。一応は、幼なじみなんだ……幸せを願う権利くらいあるだろ？」

うん、竜崎らしいセリフだよ。

だからこそ苦手なんだよ、そうやって自分の判断が正しいと思っているところが。

俺の事情も知らないくせに、よくもそんなに一方的に言えるものだ。

「裏切ってなんかない」

「じゃあ、説明してみろって言ってんだろ？」

「…………」

分かっている。長くなっても、冷静に……一から丁寧に状況を伝えた方がいいことは。

それでもやっぱり気に入らない。

俺が悪いと、そう決めつけているところがイライラした。

何も言いたくない。でも、竜崎は説明を求めている。

このままだと話は平行線で、空気は険悪なまま変わらない。

それを、おそらくは察知したのだろう。

「――いいかげんにして」

悪い空気を、切り裂くように。

りーくんの冷たい声が、熱くなる俺と竜崎に浴びせられた。

「中山、あんたらしくないわね。落ち着きなさい」

「……ごめん」

その一言で、ハッとした。

自分が感情的になっていることを理解して、急に恥ずかしくなったのだ。

「今は話し合う状況じゃないわね。はぁ……」

「おい、だから説明を――」

「黙りなさい」

そして、竜崎に対する態度は、俺と比べて倍以上に冷たかった。

「こっちにも事情があるのよ。それを知りもしないくせに勝手なことを言って、随分と偉い身分じゃない……自重したらどうなの？」

「――っ」

あの竜崎が圧倒されていた。

まるで水と油だ……決して二人は、相容《あいい》れない。

「とりあえず言っておくわ。中山とあたしの関係性は何もない……むしろあたしは、霜月と中山を応援している。二人がうまくいくことを、心から願っている。これで満足？　あんたの不安はなくなったでしょ？」

「そ、それはっ」

「詳しいことが聞きたいなら、後にしなさい。中山が落ち着いてからにして……お互い、せっかくの旅行なんだから。それにあんた、バカなの？　後ろで心配そうにしている二人の顔が見えないわけ？」

りーくんに促されて、竜崎はようやくキラリと結月に意識を向けた。

「……くそっ。やっちまった」

そして、自分の行動を悔いたように目を覆った。

「キラリ、結月……すまん。また、変な感じになってた」

このあたりは、竜崎の成長だ。

相変わらず視野は狭いけど、ちゃんと周囲を見渡せるようになっているようだ。

「ううん、大丈夫。ちゃんとアタシのこと見えてるなら、それでいい」

「はいっ。幸太郎さんなんて気にしたらダメですよっ」

「ああ……本当に、俺はダメなやつだ。ごめん」

二人の慰めの言葉に、竜崎は小さく笑った。

「ちょっと、北条？　中山『なんて』って、よくもそんなこと——」

「まぁまぁ、りーくんも落ち着いて。結月はいつもあんな感じだから」

俺のことになると、本当に熱くなるのが早いなぁ。

さっきまでの冷静な態度とは真逆で、俺もなんだか力が抜けた。

「とりあえず、俺たちはもう行こう」

「……あんたがそう言うなら。分かったわ」

りーくんはムスッとしていたけれど、俺に免じて何も言わないでくれた。

立ちあがって、濡れた足を拭いてから部屋を出ていく。

「後でな」

すれ違い、竜崎にそう言われたけれど聞こえないふりをした。

分かっているよ。どうせ、時間を合わせなくてもお前とはなんとなく、遭遇する気がする。その時にちゃんと説明するよ。

「あーあ……邪魔が入って、話どころじゃなくなったわね」

彼女の言う通りだ。

色々と大切な話がしたかったのに……竜崎の登場は、最悪のタイミングだった——。

第七話 温泉イベント

ほら見ろ、チャンスは訪れた。

クルリ……温泉旅行なんて、コウタロウを奪う絶好の機会じゃないか。

それなのにどうして『二人きり』で行くことを拒絶した？

ツンデレという敗北濃厚の属性を背負っている分際で、随分と余裕のある選択をするじゃないか。

本当にキミは――面白い。

(目の前の餌に飛びつくような浅はかさで、シホに立ち向かえるわけないからね。こういう場面でも葛藤して、迷って、後ろめたさを感じながら、それでも最後には自分の気持ちに素直になる……というシナリオが美しいかな)

ただし、彼女はコウタロウの彼女になることを拒んでいる。

あくまで『こーたろーは弟で、あたしは姉のような存在だ』と自分に言い訳して、好意という感情を巧妙に隠している。

自分に対しても素直になれないツンデレらしい行動だよ。

時代遅れの骨董品《こっとうひん》は、むしろ今の時代だからこそ趣があって逆に魅力的に見えるから不思議だ。

とはいえ、シホとアズサが同行すると、それはただの『のんびり旅行』になってしまう。

温泉イベントとして何かしら不穏な事件を発生させるために、とりあえずリョウマたちも旅館に行くように策略を巡らせたけれど……彼らは役割を果たしてくれたかな？

頼んだよ、元主人公。

現主人公をしっかり成長させてあげてくれ。

コウタロウは唯一、リョウマにのみ感情を剝《む》き出しにする。きっと、良い方向に変化してくれることだろう。

その成長に呼応して、サブヒロインのクルリも羽化するはずだ。

彼女もサブヒロインからメインヒロインへと成れるだろう。その素質はあるように思える……少なくともワタシよりは。

もちろん、シホには及ばないけれど。

今のうちだよ。いや、今しかないんだ。

シホが呆《ほう》けているこの状況だからこそ、彼女の足元をすくえる絶好の機会である。

クルリ？　キミは『あんたの思い通りになんてならない』とワタシに宣言したけれど、
残念ながら最終的にはそうなってしまうんだよ。

この『メアリー』に知恵を借りてしまったんだからね。

覚悟を決めろ、サブヒロイン。

もう、キミは物語に従ってコウタロウを奪う立場になってしまったんだから。

「おい、有銘《ありめ》。てめぇ、何をサボッてんだよ。さっさと働け」

「……チリ、ワタシの正体は知っているだろう？　ほら、キミの母親がバケモノと評価するメアリーさんなんだ。仕事くらいサボらせてくれよ」

「バカ言うな。こっちはしっかり時給払ってんだ……てめぇが誰だろうとサボりは許さねぇ。ほら、休憩は終われ。いつまでもスマホを見てニヤニヤすんな」

「ふぅ、やれやれ……マジで働かないとダメ？」

「マジだ。客がてめぇを指名してんだよ、さっさとまじないをかけてやれ。じゃないと、あの客は冷凍食品に二千円払うことになるだろ？」

「ぼったくりだねぇ……はぁ、仕方ない」

……そういえばワタシはいつまで、このメイドカフェでバイトをすればいいのだろう？

そろそろいいかげん、復学してもいいころだと思うんだけど……なかなかタイミングがつかめなくて、ズルズルとバイトが続いていた。

まぁいい。ひとまず、黒幕のメアリーさんはお休みだ。

今から少しだけ、黒髪巨乳メイドのアリメさんとして、ちゃんと労働するとしようか。

KINI F LK

◆

部屋に戻ると、いつの間にか梓《あずさ》としほがいなくなっていた。

「あれ？　どこに行ったんだろう？」

もしかして二人で遊びに行ったのだろうか。

施設内には色々とあるし、その可能性は低くない。

一応、二人とも高校生なので、余計な心配はしなくても大丈夫だと思う……と、考えて
早々に探すのはやめたけど。

「……スリッパは玄関にあったから、部屋の外にはいないはずよ」

りーくんの観察眼は鋭い。

そういうことなら、二人ともどこかにいるのだろう。

「……よし、見つけたわ」

部屋の中をきょろきょろと見回していたりーくんが、とある一点で視線を静止させた。

その先にはクローゼットがある。洋服などをハンガーにかけて収納する場所だ。

「来た時は開いてたのに、今は閉まってる。不自然ね？」

注意深く観察していたのか、小さな変化に気付いたらしい。

「そこにいるのは分かってる。出てきたらどうなの？」

クローゼットに向かって声をかけた直後に『ガタッ』という物音が聞こえてきた。

「わっ！　霜月《しもつき》さん、音出てるよ！」

「声！　あずにゃん、声が大きい！」

「霜月さんも声大きいよ！」

「し、静かにしないとっ」

……もうバレバレだった。

「見つけた」

りーくんがクローゼットを開けると、二人が中で小さくなって隠れていた。

体育座りで息をひそめていたのか。

「なんで隠れてたのよ」

「……ちょ、ちょっと、かくれんぼがしたくなって」

「えー？　霜月さん、ウソつかなくていいんじゃない？　くるりおねーちゃんとおにーちゃんを二人きりにしたいって、さっき言ってたくせに」

「あずにゃん、それを言ったらくるりちゃんがツンデレしちゃうからダメって……！」

「誰がツンデレよ」

……ああ、そういうことか。

この旅行に来る前、しほはそういえばこんなことを言っていた。

『幸太郎くんとくるりちゃんがもっと恋人らしく見えるように、色々と作戦を考えてきたわ！』

もちろん、りーくんが『余計なお世話よ。頼んでない』と一蹴したけれど、しほは諦めていなかったらしい。

「そういうことはしないでってお願いしたじゃない。あたしは、あんたたちと純粋に旅行がしたかったのよ？　ただそれだけなのに」

「でも、おじいちゃまと仲直りしてもらいたいもん」

「……その気持ちは、嬉《うれ》しいけれどね？　うーん、やっぱりちょっと気になるわ」

りーくんが難しそうな顔でしほを見つめている。

ただ、しほも悪気があるわけではないので、強い否定もできないようだ……なんだかんだ、りーくんってしほに弱いなぁ。

竜崎《りゅうざき》に対してはハッキリと物を言っていたのに、今はすごくやりにくそうだ。

「まぁ、いいわ。おバカちゃんの見え透いた作戦に乗っかるほど、あたしは愚かじゃないものね。やれるものならやってみなさい？」

「おバカちゃん!?　わ、わたしをそう呼ぶなんて、いい度胸だわ……っ」

「どうでもいいけど、梓は巻き込まないでね？　めんどくさーい」

三人ともリラックスして会話を交わしている。同性ということもあってか、俺の前とはまた違う雰囲気を醸し出していた。

このやわらかい空気を崩したくないので、竜崎たちのことは……言わなくていいか。

遭遇したら、その時に説明すればいいだろう。

あいつの名前を出すと、しほも梓も良い表情を浮かべないのだ。

あ、でも、りーくんは二人と竜崎の関係も知らないはずなので、話すかもしれない……でも、それはそれで仕方ないか。

「あら？　幸太郎《こうたろう》くん、無言で何を考えているの？」

「え？　あ、えっと——」

「もしかして……今日の夜ごはんのことでも考えていたのかしらっ!?」

一瞬、しほが何かに感づいたかと思って身構えたけど、それは杞憂《きゆう》だった。

的外れな指摘に苦笑しながら、首を縦に振っておく。

「うん。お昼ごはんもおいしかったから、楽しみで」

「やっぱり？　わたしもすっごく楽しみだわ♪」

無邪気な笑顔があどけない。

心から楽しそうなその表情を見ていると、やっぱり今で十分なのだと思わされる。

何も変える必要はない。

だから、焦らずに……今はとにかく、しほとの旅行を、楽しめばいいのだ。

◆

しばらく、休憩もかねて部屋の中で時間をつぶした後。

十七時くらいだろうか。りーくんが時刻を確認してから、不意に立ち上がった。

「夕食の前に、温泉にでも行く？」

「「行く！」」

まったりとスマホゲームをしていた二人が同時に声を上げた。

勢い良く立ち上がって、目をキラキラと輝かせている。

「温泉、初めてなの……すっごく楽しみだわっ」

「梓も初めてー！　どんな感じなのかなぁ」

しほも梓も、他人に対して警戒心が強いタイプだ。

肌を晒《さら》すことになる温泉はなかなか難しい場所なのだろう……そう考えると、あまり人がいないこの温泉旅館は二人にうってつけだ。

貸し切りではないので、もしかしたらキラリと結月《ゆづき》に遭遇する可能性もある。

でも、あの二人は竜崎さえいなければ普通の女の子なので、まぁ大丈夫だろう。

「じゃあ、行こうか」

実は俺も温泉は楽しみにしていた。

外出をしない家族だったからなぁ。テレビでしか見たことないので、どういう感じなのかすごく興味があった。

「一応言っておくけれど、混浴はないわよ？　今、外の露天は女性が入っていい時間帯だから……中山《なかやま》は気をつけなさい？」

「大丈夫だよ、心配しなくても入らないから」

「おにーちゃん、梓たちと一緒に混浴したいの？　すけべ～」

「そんなこと考えてないけどね」

「ふむふむ、幸太郎くんはすけべくんなのね」

「違うからっ！　まったく、しほまで……」

と、三人にからかわれながら、歩くこと少し。

すぐに温泉浴場に到着した。

赤い暖簾《のれん》には『女湯』。青い暖簾には『男湯』と書かれている。

「じゃあ、後で」

「え？　幸太郎くん、こっちに来ないの？　すけべくんなら来てもいいのよ？」

「なんで行くと思ってるのかなぁ」

ニヤニヤとイタズラっぽく笑うしほに手を振って、青い暖簾の奥へと入る。

もちろん脱衣所には誰もいない。適当なロッカーに自分の洋服を入れてから浴室へと入った。

誰も見ていないけれど素っ裸は落ち着かないので、一応腰にタオルを巻いておく。

広さは学校の教室ほど。木造の浴室は珍しいというか、初めて入った……温かみがあって良いけれど、水場なのに腐らないのだろうか。

この浴室を一人で使用できるなんて贅沢《ぜいたく》だなぁ。ありがたく堪能させてもらおう……と、思ったところで、視界の隅に見たくないものが映った。

「……おい、なんでてめぇがいるんだよ」

浴槽の端。腕を組んであぐらをかいているそいつが、俺に声をかける。

もしかして初めからいたのだろうか。全然気付かなかった。

「竜崎か……はぁ」

一人きりだと思っていたのにすごく残念だ。

よりにもよって一番嫌いなやつと、裸の付き合いをするなんて……嫌だなぁ。

「露骨にため息なんてついてんじゃねぇよ。俺がいるんだから出てけ」

「やだ」

「ちっ。むかつく野郎だな……俺の方が先に入ってたんだが？」

まぁ、竜崎が入っていると事前に分かっていたなら、回れ右して帰っていたと思う。

しかし、ここで引くとあいつの言うことに従っているみたいで、あまり気持ち良くない。

意地を張って、ここはあえて入ることにした。

「………」

無言でシャワーを浴びる。

その間、竜崎も一言も声を発さない。

ひたすら無言である……一言二言、皮肉めいたことを言われると思っていたので、少し拍子抜けだった。

ひととおり体を洗い流すと、もうやることがなくなる。

仕方なく浴室に入ることにして立ち上がった。

もちろん、竜崎とはなるべく距離を開けたいので……反対側に腰を下ろす。とはいえ、浴槽はそこまで広くないので、お互いの顔が見える距離だ。

「………」

俺が入ってもあいつは無言だ。

言葉を交わすのも嫌だという意思表示だろうか。それは都合がいい。

ただ、どんな表情をしているのか気になって、一瞬だけ見てみると……竜崎の顔、というか体全部が、真っ赤に染まっていた。

も、もしかして……？

「のぼせてる？」

「のぼせてない」

即座の否定。

でも、よくよく見てみると目の焦点があっていない。

明らかに無理をしていた。

「……ちなみに、どれくらい前から入ってた？」

「三時間前くらいだが？」

「入りすぎでは」

のぼせるのも無理はない。

「倒れたら俺がお前を運ぶことになるんだから……そろそろ出てくれよ」

大嫌いなやつとはいえ、さすがにふらふらしているので見過ごせなかった。

「いや、でも……てめぇ、分かってねぇな」

「何が？」

「今、女湯には……結月とキラリがいるんだぞ？」

「……だから？」

「そしてこの外は露天風呂だ。つまり、俺が何を言いたいのか、分かるな？」

「ごめん、分かんない」

何がしたいんだろう、この男は……意味がよく分からなくて首をかしげていたら、あいつが勢い良く立ち上がってこう言った。

「——露天風呂にキラリと結月が来るのを待ってるんだよ！　その時に俺も偶然をよそおって入るっ。混浴が、俺はしたい」

「バカなのか？」

あ、思わず本音を口に出してしまった。

どんな理由があって、のぼせるのを我慢しているのかと思ったら……そんなくだらないことだったのか。

でも、なるほど……わざわざ竜崎が隅っこにいた理由が分かった。あいつの隣には扉がある。たぶんあれは、外の露天につながっているのだ。

竜崎が何も言わなかったのは、外の物音に聞き耳を立てていたからだろう。

「露天風呂は男女別に入浴時間が設定されているらしいけど」

「そんなことは知らん。聞いてない……ことにした！」

「バカだなぁ」

たぶん、従業員の方から聞かされているはずではある。

それを忘れたことにして、竜崎は混浴のチャンスを窺《うかが》っていたらしい。

でも、我慢の限界なのだろう……興奮して立ち上がったせいもあるのか、なんだかふらふらだった。

「くそっ。気力はみなぎっているが、体力が限界だ！」

「……まぁ、お前が限界なんだから、女湯にいる二人もこんなに長湯するのは無理だと思うよ」

「っ!?」

俺の言葉に、竜崎は目を見開く。

『たしかに！』

そう言わんばかりの顔をしていた。

「冷静に考えたら分かるだろ……」

「…………ちくしょぉ」

竜崎が悔しそうに息をつく。

それからよろよろと歩いて浴室から出ていった。

「こんなはずじゃなかったのにっ」

最後に、悔しそうな声が聞こえてくる……どうやら混浴したくて仕方なかったらしい。

すけべくんの称号は、俺じゃなくてあいつにこそ相応《ふさわ》しかった。

「ふぅ……」

まぁいいや。何はともあれ、この温泉を独り占めである。

竜崎もいなくなったので気兼ねなく堪能するとしよう。

まぁ、あいつと同じ轍《てつ》は踏まない。たぶん、三十分も経《た》たずしてのぼせると思うので、その前にあがろうかな。

と、そんなことを考えていた時のことだった。

『トン、トン、トン』

微《かす》かにノックの音が聞こえた。

もちろん空耳だと思った。だって、この浴室には俺しかいない……そもそも、ノックの聞こえてくる方向もおかしい。

浴室の入口から聞こえるならまだしも、後ろから聞こえてくるなんて、そんなこと……ありえない、はずだったのに。

「おーい、幸太郎くん？　いるんでしょ……おーい！　さ、さみゅいから、あけてぇ」

今度はちゃんと聞こえた。

しほの声が、背後……いや、外に続く扉から、聞こえてきたのだ。

「な、なんで!?」

慌てて立ち上がる。先ほど、竜崎がいた場所まで早足で向かった。

木製の扉は、近づくとカギがかかっているのが見えた。今日は利用者が少ないので、男湯から誰も外に出なかったせいだろう。
急いで開錠。ほぼ同時に、勢いよく扉が開いて。
「もうむりぃ！」
タオル一枚のしほが、現れた。
一月も下旬。真冬なので寒かったのだろう。
白銀の少女がぶるぶると震えながら男湯へと入ってくる。
外の気温が低かったせいか、彼女の肌はいつもより真っ白に見える。
「――っ」
動きが、止まった。
寒そうな彼女とは対照的に、俺は汗が止まらなくなった。
直視できない。一瞬しか見ていないのに、網膜にしほの体が鮮明に焼き付いている。
これ以上見続けたら、血が沸騰して竜崎以上にのぼせてしまいそうだった。
なんでしほが、男湯に――!?
「来ちゃった♪」
硬直する俺とは対照的に、彼女は気を緩ませているように見えた。
恥ずかしそうな表情はない。
むしろ、俺を見て安心したように笑っている。

「な、な、なんでっ！　もしかして緊急事態!?」

いったい何が起きているんだろう。

わざわざ男湯に来るなんて……緊急事態に決まっている。

そうじゃないとおかしい。

そうじゃないと、ありえない。

それくらいの出来事は起きているのだ。

「んにゃ？　あー……そうだった！　幸太郎くん、きんきゅーじたいなのっ」

対して、しほは俺の言葉に同意する。

ただ、緊急の割には、声に危機感がなかったけれど。

「とりあえず来て！　寒いから……急いでっ」

手を引っ張られる。

いきなり彼女が歩き出したので、慌てた。

だって、彼女が巻いているタオルがズレた。

「ちょ、ちょっと！」

なるべく見ないように気をつけることでせいいっぱいだった。何かが起きてタオルが落ちたら……そんな想像をしただけで体が言うことを聞かなくなる。

冷静さなんてもうとっくになくなっていて、今から何をされるのかも、彼女が何をしたいのかも、考えられなかった。

引っ張られるがままに、外へと出る。予想通り外は露天の温泉となっていた。

外気が冷たいこともあり、お湯から立ち上る湯気は濃い。湯に入りさえすれば体が温まりそうである。

とはいえ、今は女性しか入ってはいけない時間帯のはず。

「幸太郎くん、とりあえず入って！」

「いや、でも……」

「いいからっ」

抵抗はした。しかし、しほが強引に俺を温泉に入らせた。

中は確かに温かい……いや、熱すぎるくらいの温度である。

肩までつかれば、きっと外気の冷たさは遮断できるだろう。

もちろん、今はそんなこと気にする余裕がないけれど。

しほ？　緊急事態なんだよね？

いったい、どういうことなんだ!?

「とりあえず、岩の裏に隠れててね？」

円形状に囲われた露天温泉の中央には大きめの岩がある。その裏側に誘導された。

「しほ？　あの、これはいったい……」

とにかく説明がほしい。

それなのに、彼女は一向に何も教えてくれない。

「いいから！　少し待っててね……もう少しで、来ると思うわ」

「来る？　え、どういうこと？」

「ちょっと行ってくるわ！」

「しほ!?」

岩の裏からしほが飛び出す。そのままどこかに歩き去ろうとしていたけれど……その前に、別の方向から物音が聞こえてきた。

いや、これは物音じゃなくて……声だ！

「霜月？　ねぇ、どこにいるの……外は寒いから中に入るわよ」

「あ、でも露天だよっ。ちょっとだけ入ろうよ、くるりおねーちゃん！　せっかく、結月おねーちゃんとキラリおねーちゃんもいるし、ね？」

「そうだそうだー！　ピンクちゃんよ、裸の付き合いでもして仲良くなろうっ」

「あ！　キラリさん、危険です！　そんなに近づいたらヤンキーにされちゃいますぅ」

知っている声だった。

しかも、なぜか増えていた。

(りーくんと梓だけじゃなくて、なんで結月とキラリもいるんだ!?)

……って、いや。それが一番の問題ではない。

今、心配するべきことは、俺がこの場にいることである。

「(しほ、どういうこと!?)」

小声で彼女に呼びかける。

「(ごめんなさいっ。ちょっと、くるりちゃんと幸太郎くんを二人きりにしようとしたら……なんかいっぱい来た！)」

しほも混乱していた。

あたふたとしていたけれど、もうすべてが遅い……すぐにりーくんたちがやってきて、岩裏から体を出していたしほを見つけた。

「あ、いた。霜月、急に呼び出さないでくれる？　あたし、髪の毛を洗ってたんだけど」

「な、なんでみんないるのっ？」

「は？　来たらダメだったのかしら……梓は勝手についてきたのよ。で、後ろの二人はよく分かんないけど合流したわ」

「結月おねーちゃんとキラリおねーちゃんは、梓が連れてきた！」

「いやぁ、二時間くらい前にお風呂からあがってたんだけどね？　りゅーくんがいつまで経っても来ないから、温泉まで探しに来たんだよね～」

「そうしたら、バッタリ会った梓さんに誘われまして……露天にはまだ入ってなかったので、二度目ですが温泉に入ることにしたんです。く、くるりさんは、怖いのですがっ」

……竜崎って、なんかタイミング悪くなったなぁ。

どうやらキラリと結月はすれ違いになっていたらしい。

「(まずいわ。くるりちゃんだけ誘い込むつもりだったのに……！)」

しほの独り言がかすかに聞こえてくる。

彼女はまだ、俺とりーくんが恋人らしくなるように、色々と画策していたらしい……彼女の想定では、俺とりーくんが露天で二人きりになっていたのだろう。

ただ、人を出し抜くことに向いていない性格だから、策が穴だらけだった。

(このままだと、俺が『すけべくん』になってしまうっ)

もちろん不可抗力だ。

許されるなら、一刻も早くこの場を立ち去りたい。

でも、この岩裏を出たらすぐに見つかってしまうだろう。だから、できることは首元までお湯につかって、体を隠すことくらいだ。

このまま、隠れてやり過ごす。

何も見ないように気をつけて、息を殺す。みんなが出ていくまで待って、それから男湯に戻る……それが、最善の選択だ。

「ふう、温かい……でも、やっぱり顔が寒いわよ。中に戻りたいわね」

「にゃはは♪　これがいいんだよ、分かってないねピンクちゃんは……ってか、スタイル良くない？　おいおい、そんなに細いとかズルいなぁ」

「おお！　結月おねーちゃんのおっぱいがこぼれて浮いてるー！」

「あ、梓さん、恥ずかしいからあまり見ないでっ」

……女の子同士の会話って、遠慮がないせいか男性が聞くとかなり居心地が悪い。まぁ、あちらもまさか俺に聞かれているとは思っていないだろう。

　できるかぎり聞かないように気をつけたい。

　でも、視界をなるべく遮断しているので、音に対してとても敏感になっていた。

「っ～～!!」

　想像するなと、自分に言い聞かせる。

　だけど、脳みそが勝手に会話からイメージを作るので、ダメだった。

(頼む、しほ……お願いだから、みんなを早く中に戻して！)

　もうりーくんたちは温泉に浸《つ》かっているので、声を出したらバレる可能性がある。

　なので、しほには目で訴えることしかできない。

　唯一、俺から見える位置にいる彼女は……いや、むしろ俺にとっては一番、見てはいけない相手でもあって。

「むむむむむっ」

しほも、この場をどうしようか悩んでいる。そのせいか、体にまかれたタオルのズレが大きくなっていることにも、気付いていないようだった。

湯気のおかげで視界がクリアというわけじゃない。ただ、何も見えないとは言い難いので、見えているところは見えてしまう。

このままだと彼女の肌がすべて晒されてしまうかもしれない。

それを直視したら、俺がどうなるか分からない。

(どうすればいいんだ……!!)

体が熱い。温泉のせいなのか、しほのせいなのか、りーくんたちの会話を聞いているせいなのか……自分の状態がまったく理解できなかった。

首元までお湯に浸かっているせいもあるだろう。

次第に、頭がふらふらしてきた。

まずい。のぼせてきたかもしれない……思考がうまく回らない。

それなのに、最悪の事態が起こった。

「……ぁっ」

とうとう、しほのタオルがズレ落ちた。

胸元から下を覆っていた真っ白なタオルが、ハラリとほどける。

ここで選択が生じた。

『そのまま何もせずにしほの裸を見る』

『立ち上がってしほのタオルを押さえる』

前者を選択したらりーくんたちにも気付かれることはない。

正直なところ、しほはそういう羞恥心が少し薄いようなので、なんだかんだあまり気にしないかもしれない。

後者を選んだ場合、俺の姿が岩の裏から晒されることになるので……間違いなく存在がバレてしまうだろう。

分かっている。このまま息をひそめていた方が、正解だということくらい。

だけど……俺は、俺が思う以上に、女性の体に免疫がないみたいだ。

（しほの裸なんて見たら……っ！）

想像しただけで頭がおかしくなりそうだった。もう今の時点で体が熱くて仕方ないのに、それ以上になると……死んじゃうかもしれない。

なぜか命の危機を感じていた。

のぼせているせいで正常な判断能力もなくなっている。

だから俺は、後者を選んでしまったのだ。

「――しほ！」

岩の裏から飛び出して、背中側からタオルを押さえる。

間一髪、タオルはかろうじてしほの体を隠してくれたけれど……残念ながら、俺の体は白日の下に晒された。

「「「──え？」」」

みんなが、俺を見る。
俺も、みんなを見る。
目の前に広がっていたのは……肌色の景色。
湯気のおかげで視界は悪い。だからかろうじて、死なずにはすんだ。
だけど、俺の許容量はもう限界を超えていたらしい。
「ご、ごめ……っ」
謝る前に、意識が明滅した。
ふらっとよろめいて、しほにもたれかかる。
「ちょっ、幸太郎くん？　……幸太郎くん!?」
しほの慌てた声に、反応することもできずに。
そのまま、俺は気を失ってしまうのだった──。

◆

まぁ、のぼせただけなので、大した事態ではない。

意識が戻った時には、脱衣所のマッサージチェアで寝かされていた。

休憩スペースも兼ねているのか、脱衣所の中は空調が管理されていてとても居心地が良い。おかげで、体温も正常に戻っている気がする。

「あ、おにーちゃん。起きた？」

そばには梓がいてくれた。心配そうに俺をのぞき込んでいる。

「三十分くらい寝てたけど、体調は大丈夫？」

「体は、元気……って、あ！　ご、ごごごめんなさい!!」

自分が直前まで何をしていたのかを思い出して、慌てて謝ったけれど……そんな俺を見て、梓は苦笑している。

「分かってるよ？　おにーちゃんがのぞこうとしてなかったことくらい、みんな知ってる。霜月さんのせいでしょ？」

「し、信じてくれるのか？」

「もちろん。おにーちゃんって、梓たちに悪いことをする人間じゃないもん」

こんなに梓が優しくしてくれるなんて、想定外だ。

「ありがとう……って、服!?」

遅れて、自分が裸じゃないことにも気付いた。誰かが着せてくれたのだろう……それは
それで、かなり申し訳ない気分になったけれど。

「落ち着いて……ここまで運んできたのは、くるりおねーちゃんとキラリおねーちゃんだ
けど、大丈夫。その前に梓が着せてあげたから」

言われて、確認してみる。着せてもらった衣服は、旅館に用意されていた浴衣だ……露
天温泉で着せてから運んでくれたらしい。

それなら良かった。梓のおかげで、みんなに迷惑がかかるのは避けられたらしい。

「梓、ごめんな」

「おにーちゃんの裸はちっちゃいころによく見てたから、何も気にならないよ。家族だも
んね、これくらいふつーでしょ?」

……本当に、彼女は成長したと思う。

俺を労《いた》わるような言葉遣いが、なんだかとても嬉しかった。

「お、こーくん。お目覚めかな?　ほら、ジュースあげる」

体を起こすと、キラリが楽しそうに笑いながら缶ジュースを差し出してくれた。

自動販売機で買ってくれたらしい。水分補給がしたかったのでありがたく受け取った。

キラリの隣では、どこか不満そうな結月がムスッとしている。

「ありがとう。あと、ごめん」

「にゃははっ。いいよいいよ、見られたって減るものじゃないし？」

「……はぁ。女性の裸体を見て気絶するなんて、少し情けないです。龍馬《りょうま》さんならもっと鼻の下を伸ばしてデレデレしてくれたと思います。幸太郎さんにはそういうかわいげがありませんよね」

「はたしてそれは『かわいげ』なのか」

前々から分かってはいたけど、結月はどうもクズっぽい人間が好きらしい。俺では彼女の期待にまったく応えられなかったようだ。

「じゃあ、アタシたちはそろそろ戻るね～。りゅーくんに『こーくんに裸を見られた』って言って、モヤモヤさせてやるっ」

「あ、それ素敵ですね。欲望に任せて、わたくしに襲いかかってくれたら、それはそれで……悪くないです」

「悪いことだよ!?　ゆづちゃん、むっつりスケベなのはいいけど、もうちょっと隠した方がいいんじゃない？　下品なのはおっぱいだけにしてよ」

「げ、下品ではないですからっ」

二人は俺のことなんてまったく気にせず、脱衣所から出て行った。

後には、俺と梓だけが残されている。

そういえば……りーくんとしほの姿がどこにも見えない。

「霜月さんとくるりおねーちゃんなら、先にお部屋に戻ってるよ？」

「……そっか、分かった。俺たちも戻ろうか」

一度、男性用の脱衣所に戻って着替えなどを取ってから、梓と一緒に部屋へと戻る。

扉を開けて見えたのは、腕を組んで仁王立ちしているりーくんと、正座で泣きべそをかいているしほの姿だった。

しほ……もしかして、りーくんに叱られていたのかな？

「あ、帰ってきたわよ。ほら、霜月……中山に言うことがあるでしょう？」

「ご、ごめんなさい～！」

部屋に入るや否や、しほがコミカルな泣き方をしながら俺に飛びついてきた。

やっぱり怒られていたのだろう。かなり反省している様子だ。

「幸太郎くん、大丈夫？　わたしのせいでごめんね？」

「いやいや、こちらこそごめんね？　その、変なことになってしまって……りーくんも、ごめん」

「中山は何も悪くないわよ。謝る必要なんてないわ」

みんな、想像以上に優しくてなんだか俺まで泣きそうだ。

「ありがとう……てっきり、怒られると思ってた」

胸元でぐずるしほをよしよしと撫《な》でながら、不安に思っていたことを呟《つぶや》く。

すると、りーくんがその理由を教えてくれた。

「まさか、その年齢で……女性の裸を見て気を失うって、初々しいにもほどがあるわよ。そんなところを見ちゃったら、逆に怒れるわけないじゃない」

「梓もびっくりした。おにーちゃんって、梓たちより異性に免疫ないんじゃないの？」

……道理で、やけに生暖かい視線だなぁと思っていたのだ。

彼女たちが俺に同情的なのは、リアクションが新鮮だったからのようだ。

否定はできない。まさか、俺も……あんなに取り乱すとは思わなかった。

「幸太郎くんには刺激が強すぎたみたいね。ごめんなさいっ。くるりちゃんと温泉で語り明かせば仲良くなると思ってたの……」

「それが余計なお世話って、さっき口を酸っぱくして説教してたわ。もうやめなさい？」

「うんっ。もうやめる……迷惑をかけるつもりじゃなかったもん」

それはちゃんと分かっている。

しほが良かれと思っていることだって、気付いているのだ。

だけど、やっぱり……俺とりーくんが『恋人らしくなる』ためにしほが応援するという構図は、なんだか違和感がある。

計画は未遂に終わったけれど。

もし、仮にうまくいったとして、俺がりーくんと恋人らしくなってしまったら、しほにとって絶対に面白くないはずなのに。

（信頼している、という言葉で片付けられないような気がする）

……たぶん、りーくんもそこを気にしているように見えた。

「あんたの考えが分からないわ」

ため息をこぼしながら、しほにあきれたような視線を送っている。

これに関しては、考えすぎじゃない。

やっぱり、薄々感じていたけれど、最近のしほは少しおかしいような気がした――。

◆

温泉騒動の後は、平穏な時間が流れていく。

落ち着いたタイミングで夕食になり、食欲が満たされたおかげかシュンとしていたしほも元気になったので、良かった。

それから、まったりと時間を過ごしていたら、いつの間にか日付が変わろうとしていて……その時点でもう、しほと梓はうとうととしていた。

お昼寝もしていたけれど、長時間の移動と初めての場所で、疲労がたまっているようだ。明日は日曜日。とはいえ、朝ごはんを食べたらすぐに帰宅する流れとなっている……そんなに夜更かしはできないので、ちょうどいいかもしれない。

「しほ、梓。おやすみ」

「おやすみにゃさい」

「むにゃむにゃ」

「みんな、おやすみ……って、もう寝てるの？　早いわね」

寝室に布団を二つ敷いてあげたのに、二人はなぜか一枚の布団で眠り始めた。

仲良く一つの枕を半分こしている姿が微笑《ほほえ》ましい。

俺も早めに眠ろうかな。そう考えて、隣にある男性用の寝室に向かった。

別の部屋とはいっても、ふすまを挟んですぐ隣なのでさほど距離は空いていない。壁も薄いので、しほと梓の寝息が聞こえそうである。

なんだかんだ俺も疲れていると思うので、すぐに眠れそうだ。

「……ねぇ、中山。ちょっといい？」

ふすまを開けて、しかしその直後にりーくんが声をかけてきた。

「どうかした？」

「いいえ。あのね……ちょっと、眠れそうになくて」

彼女の表情は、なんだか不安そうだった。

(……そっか。それはまぁ、そうだよな)

むしろ、今まで平気そうに見えていたけれど、そんなわけがないのだ。

だって、りーくんは、一徹さんのことを気にかけているはずだ。

手術はうまくいって、経過も悪くはないらしい……それでも、一度倒れたという事実が彼女を苛《さいな》んでいることだろう。

また今度、倒れたらどうしよう？

そんな不安に襲われていてもおかしくなかった。

「分かった。とりあえず、外に出る？」

「うん、ありがとう」

そういうわけなので、二人で部屋を出た。

旅館内は明かりが灯《とも》っているとはいえ、人の気配はどこにもない。

昼間に行った足湯も閉まっているだろう。ただ、庭園には出られるみたいなので、少し散歩することにした。

コートを持ってきて良かった……外は寒いけれど、少しであれば平気そうだ。

砂利道を歩いて、小さな池に近づいてみる。

こんなに寒いのに鯉《こい》がのんびり泳いでいた……温度管理されているのかな？　ただ、やっぱり動きは鈍いけれど。

　池をのぞき込んでいたら、りーくんがぽつりと呟いた。

「霜月と梓の前だと、変なことを考えずにすむのだけれどね？　一人になったら、急に怖くなるのよ」

「やっぱり……一徹さんのことで？」

「ええ。ほんの一年前までは、この人は永遠に生きるんじゃないかって……そう思わせるくらい、元気だったのに」

　いつも強がってばかりの少女が恐怖に身を震わせている。

　俺の前だからかもしれない。しかし……それにしても、弱音を吐くなんて珍しい。

「一徹さんならまた元気になるよ……ごめんね、気休めの言葉にしかならないと思うけど」

「いえ、むしろ嬉しいわ。根拠なんて要らない。ポジティブな言葉がすごくありがたい……だって、あたしにも、こーたろーにも、できることなんてほとんどない」

　俺は奇跡を起こせるわけじゃない。

　だから一徹さんの状態を治すことはできない。

　彼女の言う通り、できることなんてあまりないのだ。

　でも、何もできないわけじゃないから。

「体を元気にすることはできないかもしれないけど、心は元気にできるようにがんばるよ。月曜日、また面会に行くんだよね？　今度こそ、一徹さんに安心してもらおう。恋人らしく振舞えるように、がんばるから」

「……うん。せめて、あたしの将来に関する不安は取り除いてあげたい。ちゃんと、パートナーと幸せな人生を歩むから——心配しないで、って」

それがたとえ、偽りだとしても。

「おじいちゃんが、眠っちゃう前に……今までありがとうって、言いたい」

結局、それがすべてだ。

すべてが手遅れになる前に、感謝の言葉を伝えること。

決して口には出さないけれど、りーくんの口ぶりを聞いていると……なんとなく分かる。

彼女は、最悪の事態になることさえ覚悟していることを。

そのせいで焦って、余計に意地を張って、今まで失敗していたことも。

だから、第三者の俺が介入することで、りーくんが素直になるきっかけを作り出したい。

そのためなら……一時的な『恋人のふり』だって、する。

かつて、俺を助けてくれたりーくんを、今度は助けたかった。

「——なるほどな。どうやら深い事情があるみたいじゃねぇか」

……いつの間にいたのだろうか。

こんな砂利道を、俺とりーくんに気付かれることなく、声が聞こえる距離にまで近づくなんて、信じられない。

そもそも、こっちの話を盗み聞きしようという精神も、俺には理解できない。

だけど、それでこそお前らしいとも言えるよ。

本当に、いつもいつも……俺にとっては間が悪くて、物語にとっては都合のいい男だ。

「勝手に聞くなよ、竜崎」

振り返ると、やっぱりそこにあいつはいた。

不思議と驚きはない。だって、どこかでまた遭遇すると分かっていたから。

数メートルほど先。旅館に用意されている浴衣姿で、あいつは佇《たたず》んでいる。

防寒具を着ていないので絶対に寒いはずなのに、それをおくびにも出さずに竜崎は堂々としていた。

「……品がないわね」

「どうしてもお前たちの事情が知りたかったんだよ。夜、眠れなくて散歩してたらたまたま見かけてな。飛び出してきたんだ」

不敵な笑みが浮かぶ。

先ほど、りーくんに圧倒されていた時のように動揺もない。

のぼせていた時のようなバカっぽさはない。

今のこいつは、ふてぶてしくて、独りよがりで、自信満々で、厄介な竜崎龍馬だった。

「ってかよぉ、ふすま一枚先に俺のことを好きな女の子が無防備で寝てるんだぜ？　冷静でいられるわけないだろ、理性が壊れそうなんだが」

あ、違う。バカな竜崎も見え隠れしていた。

そこまで身構える必要はないのかもしれない。

「まぁ、てめぇらの話は冷水みたいでちょうど良かった。さすがに、そういう話を聞いた後は、興奮なんてできない」

「くだらないわね。かかわらないでくれるかしら……盗み聞きしている分際で、よくもまぁそんな偉そうな態度がとれるものね」

「おっと、怒るなよ。相変わらず怖い女だな」

飄々《ひょうひょう》としている。

りーくんの冷たい言葉すら軽く受け流していた。

「まぁ、なんとなく分かった。どうして中山が、しほじゃない女と二人きりでいるのか……俺の幼なじみを捨てて、新しい女に鞍替《くらが》えしたわけじゃないってことをな」

「だったら、もう話すことなんてないよ。帰ってくれ」

「いや、まだ聞きたいことはある。むしろ、事情を把握したからこそ、聞かせてくれよ中山……なんで、しほを優先しないんだ」

そこで、へらへらとした笑みが消える。

真剣な眼差《まなざ》しで……少し前までの、主人公のような竜崎龍馬が、現れた。

「他の女の事情なんてどうでもいいだろ。しほが一番大切なんだろ？　だったら切り捨てろよ。胡桃沢《くるみざわ》に優しさなんて向けんなよ。しほだけが特別なら、しほだけを見てあげて、しほだけを幸せにできれば、それでいいはずだ」

「ちょっと、あんた……」

「黙ってろよ、胡桃沢。てめぇだって分かってんだろ？　自分が、中山の弱みに付け込んでることくらい、気付いてんだろ？」

「――っ」

竜崎の言葉に、りーくんが言葉を失っていた。

やっぱり、この状態のこいつは恐ろしい。

言葉の節々に宿る力強さや、傲慢さに、油断すると圧倒されそうになる。

それを初めて浴びるりーくんは狼狽《うろた》えていた。でも、まぁ……俺にとっては、慣れたものだった。

「りーくんのことを決めつけるなよ。彼女がお願いしたんじゃない、こっちが逆にお願いして協力してるんだ。お前の認識を、事実のように話すな」

お得意の一人称視点的な見方は相変わらずだ。

あまりにも真実のように話すから、そうであるかのように錯覚させられる。

「んだよ、こういう時も胡桃沢をかばうのか？　しほのことを優先しろって言っただろ……？　こいつが傷つこうが、苦しもうが、関係ねぇ。だって、てめぇにはしほがいるんだからな。彼女だけが、てめぇのすべてだろ。おい、中山……片手間で俺の幼なじみを愛せると思ってんのか？」

その言葉に、思わず笑ってしまった。

誰かが傷つく姿が見えないふりをして、自分たちの幸せだけを考える。

なるほど、間違いではないかもしれない。他人は他人と、割り切れる性格であれば……俺だってそうしていたかもしれない。

だけど『中山幸太郎』は、優しくて穏やかな人間なのだ。

誰かが傷つくことが嫌いで、暴力的な手段が苦手で、自分よりも他人を優先できてしまう性格なのである。

「そんなの、俺らしくないよ」

りーくんを無視するなんて選択肢、選べるわけがない。

それをしたら、俺じゃない。

しほだってそれを分かってくれている。それにしても、今の彼女は様子が少しおかしいけれど……しほが俺の選択を尊重してくれているのは事実だ。

「お前なら分かるだろ、竜崎……しほは、自分のことだけを考える人間が大嫌いなんだよ。誰か困っている人を見かけたら、当たり前のように手を差し出せる俺だから、彼女の特別になれたんだ」

だから、変わらないよ。

竜崎。お前の言葉ごときで、俺の意思は曲がらない。

「『優先』することと『特別』であることは違うんだから」

ハッキリと断言する。

竜崎、お前の言葉は間違っている……と、そう言葉にした。

すると、竜崎は……、

「ははっ、そうか。そうだよな……てめぇはもう、惑わされないか」

――笑った。

苦々しくではあるけれど、俺の言葉に小さく笑ったのである。

「もちろん分かってる。そうだよな、しほは自己中心的な人間が嫌いだよな……俺みたいに、自分しか分からない人間が」

主人公の竜崎龍馬は、もういない。

今、目の前にいたのは……どこにでもいる『普通』の高校生。

善良で、すけべなところもあって、ちょっとだけ正義感が強すぎて、勘違いすることもあるけれど……それすらも魅力に感じてしまうような『竜崎龍馬』だった。

「すまん、試した。てめぇの覚悟を知りたかったんだよ……悪ぃな。これも自己満だ。初恋の幼なじみを差し置いてまで、中山が何を考えているのか知りたかった。ただそれだけでしかない……もう、俺はてめぇらの『ラブコメ』には関わらない」

両手を挙げて、降伏するように。

彼は、申し訳なさそうに言葉を発する。

「今ならやっと、言える。しほが好きになった人間が、てめぇで良かった。俺にはない優しさを持つ、てめぇだからこそ……あの子は、好きになれたんだろうな」

まさか、その言葉を竜崎から贈られるとは思わなかった。

負け惜しみでも、心にもない言葉でも、皮肉でもない。

「色々あったけどさ。しほのこと、心配していたのは本当だから……彼女が幸せになれそうで、安心した。中山、後は任せたぞ。彼女を幸せにしてくれ。嫌だろうけど、俺の気持ちもお前の心に乗せておくぞ」

心からの祝福と同時に、竜崎はゆっくりと歩み寄ってきて……俺の手をつかんだ。

握手。たしか、あれは出会って間もなかったころ、しほと初めて一緒にお昼ごはんを食べた時も、こうやって手を握られた。

あの時は見下されていた。

しかし、今は対等な関係として、竜崎が手を握っていた。

「その代わり、お前の幼なじみと女友達は俺が幸せにするから安心しろ。あ、それと……梓のことも見てあげろよ。不安定なところもあるから、ちゃんと大切にしてやれ」

「……言われなくても、分かってるよ」

思い返すと、竜崎と俺の関係はなかなか複雑だ。

こいつとは決して友達になんてなれない。

理解することだって無理だ。だって、真逆の存在だから。

でも……認め合うことは、できた。

それでこそ、竜崎龍馬だ。

揺らぐことのない確固たる『自分』という意思は、時に他者さえも飲み込むほどに暴力的で、だからこそ魅力的でもあって。

教室の隅からずっとお前のことを見ていた。

自分のない俺にとって、お前という光は本当にまぶしかった。

かっこいいなって、憧れていた。

ようやく、お前と同じくらいになれたのなら……それは本当に、嬉しいよ。

「じゃあ、そういうことだから。すまんな、二人の邪魔をして……そろそろ寒すぎて死にそうだ。とりあえずキラリと結月の布団に潜り込んで、ビンタされてくる」

「……分かってるならもぐりこむなよ」

「てめぇは阿呆《あほう》か？　おっぱいがそこにあるんだ……チャレンジするのが、男だろ」

最後はバカっぽくそう言って、竜崎はこの場を去っていった。

後には、俺とりーくんが残される。

「まったく……」

ため息をついて、肩をすくめた。

台風みたいなやつだなぁ。いきなり来て、散々場を荒らして、満足したら勝手に消えていなくなった。

とりあえずりーくんに声をかけようとした、その直前に。

「……びっくりした」

彼女の方が声を発した。

「あの、えっと……ちょっと待って、心を落ち着けるから」

振り向くと、そこには……ぼんやりした顔で俺を見つめる、りーくんがいた。

ぎゅっと、自分の胸を押さえている。

そういえば、さっきからやけに静かだったけれど……どうしたんだろう？　いつもの気が強い彼女なら、もっと竜崎に言い返してもおかしくなかったのに。

今のりーくんは、少し様子が変に見えた。

「何に驚いたの？」

「だ、だって！　こーたろーが……なんか、男らしくなってた」

「男らしく？　いやいや、いつも通りだったと思うけど」

別に何も意識はしていない。

しかし、りーくんは俺の変化を感じ取っていたらしい。

「ううん、違う。いつものこーたろーじゃなかった……しっかりしてて、心強くて、隣にいると安心して――落ち着いた」

あいつの前でだけ俺はどうしても感情が抑えきれなくなる。

その一面を見て、彼女は驚いているのかもしれない。

「やっと、分かったわ。うん……こーたろーは大丈夫。あんたは、しっかりしてる」

「そうかな？　そう言ってくれると、嬉しい」

「ええ。だから、問題があるのは……霜月だ」

まるで、難問の正答を導き出したように。

りーくんが、確信を持ったかのように力強い言葉を紡ぐ。

「ずっと気になってた。あんたと霜月が付き合えていない原因を……誰が問題なのか、探っていたのよ。二人とも悪いのかとばかり思っていたけれど、あんたは違う。中山はもう大丈夫……つまり、二人の関係が停滞しているのは――霜月のせいなのね」

その言葉を、もちろん否定しようとはした。

しかしそれを、りーくんが許してくれなかった。

「もう惑わされない。そうやっていつも、あんたが霜月をかばうから見抜けなかったのよ。もういい。この話は一旦おしまい」

ぷいっと、そっぽを向いて。

これ以上はもう話す意思がないと、案に告げてくるりーくん。

そうなってしまうと、俺からはもう何も言えなかった。

「……へくちっ」

不意に、意外とかわいらしいくしゃみが響いた。

もう夜も遅い。明日も早いから、無理はしなくても良いだろう。

「そろそろ戻ろっか」

そう告げて、りーくんに背を向ける。

先導するように旅館へ戻ろうとしたけれど……いきなり、袖元が引かれた。

視線を向けると、彼女の指が俺をつかんでいた。

「あれ？　りーくん？」

何事だろうと、声をかける。

てっきり、まだ何か話したいことがあるのかとばかり思っていたけれど……しかし、そ

ういうわけではなかったようだ。

「………え？」

俺が声をかけると、なぜか彼女は首をかしげた。

「いや、手が……」

俺の袖をつかんでいるからと、指をさす。

すると、彼女はそれを見て……慌ててパッと手を離した。

「あ、えっ？　いや、これは、その……なんで？」

「いやいや。なんでは、俺のセリフだけど」

「ちがっ！　つかむつもりは、なかったのに……無意識で！」

何をそんなに焦っているのだろうか。

しどろもどろになっているりーくんを見て、こちらも首をかしげてしまう。

このままだと話にならないと、そう考えたのか。

「もう、行くわよ！　なんでもないからっ」

強引に話を切って、りーくんが歩き出した。

わざとらしい荒々しい足取りで、感情を隠すように。

理由を聞こうとしたけれど、その質問も無視されてしまいそうだ。

せめて表情が見えたら、なんとなく考えていることも分かっただろう。

でも、早足で前を歩いているので、その顔は見えなかった――。

第八話
ハッピーエンド

『カチッ』

コウタロウのスイッチが入った音。それが聞こえたように錯覚した。

本人はもう意識すらしていない人格の切り替え。

普段の温厚な彼からは想像もできないような逞《たくま》しい一面は、なかなか見ることのできないレアな姿だ。

やっぱりリョウマはいいね。

落ちぶれて、不適格の烙印《らくいん》を押されたとはいえ、シホと並ぶ『特別性』を有していただけあるよ。

他者への影響力が強い。

おかげで、腑《ふ》抜《ぬ》けたシホに毒されて鈍っていたコウタロウの意識が覚醒した。

さぁ、ここからは『主人公』の時間だ。

解決されていない問題や、回収されていない伏線を、すべて片付けようじゃないか。

手始めに、コウタロウ……クソジジイとクルリを助けてあげてくれ。

そのためのサポートはしてあげるから。

ワタシはもちろん、今は世界がキミの味方だ。

コウタロウの意思が世界を決定する。

主人公しか持ちえない権能で、キミの行動や選択はことごとく追い風となってくれるだろう。

『ご都合主義』

それは、あまり良い響きのある言葉ではないかもしれない。

実際、リョウマは自分のことにしかその権能を活用できなかった。おかげで多くの理不尽が発生して、複数のキャラクターが捻《ね》じ曲げられて、不幸となった。

ただし、その真逆の存在であるコウタロウは他人のためにしかその権能を使えない。

いや、他人のためにご都合主義を発動させることのできる、稀有《けう》な主人公へと覚醒したのである。

リョウマは『自分が幸せ』という結末を作ることしかできない主人公だった。

対して、コウタロウは『他人の幸せ』という結末を作ることができる主人公である。

たしかに穴が多いかもしれない。辻褄《つじつま》の合わせ方が強引だったり、偶然の出来事が多く重なったり、都合が良すぎて笑ってしまうかもしれない。

だけど、その先にはコウタロウの願う『みんなの幸せ』が待っているんだ。

見守ってあげようじゃないか、優しい主人公の活躍を。

ワクワクするね。モブが、ついにここまできたんだ……興奮が収まらないよ。

『有銘《ありめ》。早く来い、シフト入ってるぞ』

『おい』

『こら』

『無視すんな』

『見てるのは分かってるぞ？』

先ほどからメッセージアプリがうるさいけれど、それは全部無視した。

チリ、今はメイドをしている場合じゃないんだ。もえもえきゅん、なんておまじないをかけているほどワタシは暇じゃない。

最高の物語が、紡がれようとしている。

その結末が、ついに目前まで迫っている。

だからワタシは、バイトをサボる！

彼が鮮やかにすべての問題を解決する展開を、ワタシはずっと楽しみにしていたのだから——。

◆

こうして楽しい温泉旅行は終わった。

りーくんと夜の散歩をした後、部屋に戻ってすぐに寝て……朝起きたら俺の布団にしほが入っていた、というハプニングはあったけれど。

他には特に目立った出来事もなく、俺たちは帰宅した。

「じゃあ、またね。月曜日に」

「うん！　くるりおねーちゃん、ありがとー！」

「ばいばい、くるりちゃんっ。また明日～」

「……あんたの家はここじゃないでしょ。ほら、乗りなさい。家に帰るまでが旅行なんだから」

リムジンで中山家《なかやま》まで送ってもらい、なぜか一緒に降りようとしているしほをりーくんが叱っていた。

そのまま車に連れ戻されたしほにも手を振って、解散となる。

現在時刻は十四時。少し遅めの昼食を食べて、旅行の後片付けをしていたら、あっという間に夕方になっていた。

夜ごはんは何にしよう……普段は作っているけれど、なんだかんだ旅行で疲れているので何かテイクアウトでもしようかな。

そう考えて、ふらっと出かけた。少し歩いた場所にファストフード店があるので、そこで購入を考えていたのである。

……そういえば今日はさすがに、いないよな？

ふとりーくんのことを思い出して公園に立ち寄ってみる。

いつものブランコに彼女の姿は……なかった。

（まぁ、そうだよな。お見舞いも月曜日にしか行けないし……って、あれ？　一週間面会できないってことは……今日なら、もしかしてできるかも？）

たしか、一徹《いってつ》さんは日曜日に手術をして、面会謝絶を決定したらしい。

だとしたら、今日が一週間目だ。面会もできるようになっているかもしれない。

（一人で行ってもいいのかな？　うーん……）

りーくんがいなかったら意味がないだろうか。

いや、でも……ダメでもともとか。

お見舞いが仮に可能だったとしても、俺が歓迎されないことは分かっている……だけど、なんとなく一徹さんに会いたいと思ったので、病院に立ち寄った。

そういえば、今日はやけに思考がスッキリしている。調子がいいのかな？

最近、考えすぎて悩むことも多かったので、久しぶりの感覚だった。

そんなこんなで、病院に到着。受付で一徹さんのお見舞いに来たことを伝えた。

「胡桃沢《くるみざわ》様の面会ですか……あ、今日までは不可となっているみたいですよ？」

やっぱりダメか。

受付の方が、パソコン画面を眺めながら首を横に振っている。

「そうですか。すみません、わざわざ調べてもらって」

「いえ、かまいませんが……ご家族の方でしょうか？　もしそうでしたら、事前に連絡されてなかったでしょうか」

受付の人が疑わしそうに俺を見ていた。

「胡桃沢様の面会は親族しか許可が出ておりません。一応、身分証をお見せいただくことは可能でしょうか？」

「あ、えっと。親族ではないのですが……いえ、そうですね。とりあえず、どうぞ」

今の状態だと何を口にしても言い訳になりそうだ。

とりあえず身分証を渡して、後ろめたさのない人間であることをアピールしておきたい。

そういう意図があって、学生証を差し出した。

「中山……中山？」

俺の名を見て、それからハッとしたようにパソコン画面を凝視した。

「本来であれば、胡桃沢様は本日まで面会できないことになっているようですが……中山幸太郎《こうたろう》様。あなただけは、問題ないと備考欄に書かれています」

「え？　な、なぜ？」

「……理由は分かりかねますが、許可は出ているようですね。失礼しました。中山様、面会されますか？　もしご希望でしたら、こちらの用紙に記入をお願いします」

いったい何が起こっているのか。

事情はよく分からない。でも、これはチャンスだ……何か目的があるわけじゃないけど、なんとなく一徹さんと話がしたくて仕方なかった。

そういうことなので、用紙に必要事項を記入してから面会許可証を受け取った。

前にも来たことがあるので場所は分かっている。迷わずにまっすぐ向かうと、扉がなぜか開いていた。

ノックする前に病室をのぞくのは気が引けるけど……こうなるとどうしようもない。

あまり驚かせないように、ゆっくりと顔を出す。

もちろん、すぐに声をかけようとは思っていたけれど。

「………………え？」

困惑した。

だって、病室の中にいたのは……七十八歳とは思えないような覇気のある老翁《ろうおう》ではなかった。

そこには、おじいさんがいた。

ベッドの上で体を起こしてはいる。

手帳を見て物思いにふけっているのか、俺に気付いた様子はない。

分かっている。すぐに声をかけた方がいいことくらい。

だけど、前回はあんなに力強く見えた巨漢が、今は小さく見えて……本当に同一人物か分からなくなるほどに、豹変《ひょうへん》していたのだ。

「ん……小僧？　なぜいる？」

何も言えなくて立ち尽くしていると、一徹さんの方が先に気付いた。

俺を見て不思議そうに首をかしげている。

「とりあえず、扉を閉めんか……老骨にはちと寒い」

「あ、すみませんっ」

慌てて扉を閉める。それで安心したのか、一徹さんはまたしても手帳に視線を落とした。

「看護師がな、辛気臭い空気を入れ替えるといって扉を開けたのじゃが……閉めるのを忘れてどこかに行きおった。一月じゃぞ？　換気なんぞいらんと思わんか」

「……そうなんですね」

「うむ。でないと、貴様なんぞこの病室には入れておらん。ノックした時点で追い払っておるわ。阿呆《あほう》が」

　外見は以前に比べてどこか弱々しく見える。

　もちろん、あんなに鋭かった眼光も陰りを見せていた。

　今の一徹さんは、どこにでもいるような七十八歳のご老人である。

「どうしてここにいる？　今日までは面会謝絶にしていたつもりじゃが……おかげで油断してしまったじゃろう」

「それは、俺も分からないです。なぜか、俺だけが面会を許可されていたみたいで」

「……ほう？　そうか、なるほど。女狐《めぎつね》……否、バケモノの手引きか。裏でこそこそとあの怪童は何が目的なんじゃ？　老い先短い儂《わし》にちょっかいを出す理由を述べろ」

「めぎつね？　ばけもの？　かいどう？」

　急な単語が出てきて、戸惑ってしまう。

　そんな様子の俺を見て、一徹さんは苦笑した。

「手を組んでいるわけではないのか。ふむ、貴様も被害者じゃな……忘れろ」

　濁った紅の瞳は、今もなお手帳に注がれている。

　そういえば前回も手帳を見つめていた。あの時は遺言を書いていると、そう言っていたけれど……ペンが見当たらないので、実際のところはどうなのか分からなかった。

「そうジロジロと見るでない。デリカシーのない小僧じゃな」

「す、すみませんっ」

指摘されて、慌てて目をそらす。

そこでようやく、前回はなかった点滴があることに気付いた。

やっぱり一週間前に比べると弱々しく感じる。

俺がそう感じているのを、一徹さんは察知しているのか。聞いてもいないのに状態について答えてくれた。

「驚いたか？　孫娘の前ではあんなに元気そうだったのに、今は三途《さんず》の川を渡りかけているただの老人じゃろう？　娘……くるりの母親にもよく言われる。儂はどうも、孫の前でだけは元気な『くそじじい』でいられているようじゃな」

かすれた声を聞いて、ようやく理解した。

そっか……やっぱりこの人は、りーくんのおじいさんだ。

意地っ張りなのは二人ともらしい。

「意識しておるわけじゃないがな。やれやれ……あの子だけじゃよ。今の儂を哀れむことなく罵倒してくる戯《たわ》けは……くるりしかおらん。本当に、かわいくて仕方ない」

だから一徹さんは、孫娘にだけは心配をかけまいと、無理をして元気なふりをしているようだ。

「すみません、急な来訪で」

「まったくじゃ。おかげで、孫娘の彼氏に見せたくない姿を見せてしまったではないか。反省せよ……そして帰れ。明日はくるりと来るのであろう？　その時には前回同様の『くそじじい』に変身してやる。楽しみにしておけ」

相変わらず態度はそっけない。

追い払おうとしていたけれど、まだ帰りたいとは思わなかった。

「……いや、もう少しだけお話させてください」

「儂は話すことなど皆無じゃ。だいたい、こんなよぼよぼのじじいに何を聞きたい？　何を主張したい？　いや、何でも良いか……今はけんかする気にもなれん。その気力がそもそもないのじゃ、明日にせよ」

「けんかしたいわけじゃないんです。今の一徹さんと話がしたいんです。りーくん……えっと、孫娘の前だと、どうせ意地を張るでしょう？」

ありのままの本心を伝える。

そうすると、一徹さんは手帳から視線を上げた。

「別に意地を張っておらんが？」

「天邪鬼《あまのじゃく》なのは、彼女とそっくりですね」

「……やはり似てしまっているのじゃな」

俺の言葉に一徹さんは肩をすくめた。

観念したようにため息をついて、再び手帳に視線を落とす。

「儂と話をしたい、というのは本当のようじゃな。ウソをついているようには見えん……それにしても、小僧。前と比べて、随分と成熟しておるな」

「……今の俺は違って見えるんですか？」

「うむ。あの時は、何かに成り切れていない『紛《まが》い物』だと感じていたがな……子供というのは成長が早いのう。今の貴様は『本物』だな」

もしかして、温泉旅行……いや、もっと正確に言うなら、竜崎《りゅうざき》との対話がきっかけだろうか。そういえば、あれからやけに思考が回る。

悩みがなくなって、吹っ切れた？　いや、迷いがなくなったのかもしれない。

いずれにしても状態は良い。それを一徹さんは見抜いていた。

「仕方ない、一つだけ、質問を許可しよう。一つだけじゃ……それ以上は儂の体力が持たん。意地悪をしているわけではないことを、理解せよ」

「はい、ありがとうございますっ」

やっぱり……一徹さんはりーくんが言うような『頑《がん》固《こ》爺《じじい》』じゃない。

いや、彼女の前だとそう見えるけれど、本質はやっぱり違うように感じた。

話が通じる。りーくんの前だと会話すらできなかったのに、今は俺の話に耳を傾けてくれていた。

絶好の機会だった。

一徹さんの本心を知るには、今しかないと思った。

「それで、何を聞きにやってきたのじゃ？」

まぁ、何か具体的な目的があってきたわけじゃない。

なんとなく一徹さんのことが気になって立ち寄っただけである。用事があるわけじゃない……事前に用意しているものは、何もない。

だから、今の俺が口に出す言葉は、衝動的に出たものだった。


「一徹さんは、どうして孫娘をそんなに溺愛しているんですか？」


もう一度言う。

何か意図がある言葉ではない。

前々からずっと気になっていたわけでもない。

ただ、なんとなく知りたくなっただけで……深い理由はない。

しかしその質問に、一徹さんは——表情を変えた。

「…………よりにもよって、一番聞かれたくない質問をするのじゃな」

「え？　あ、ごめんなさい。答えたくないなら、言わなくても……」

「構わん。一つだけ質問を許可する、と言ったからには約束を果たす」

先ほどまで、どこか希薄だった一徹さんの意識に、炎《とも》が灯る。

「――後悔があるのじゃ」

言葉には、強い感情がにじみ出ていた。

「若かりしころ、儂がまだ未熟だった身にもかかわらず子宝に恵まれた。くるりの母親ではないぞ？　あやつの兄にあたる第一子じゃ……当時の儂は歓喜した。『胡桃沢の後継が生まれた』と、そう思ってしまった」

声が、震える。

本心からの思いが、紡がれる。

「今にして思えば、それは間違いじゃった。子の意思なんぞ関係ない、儂の息子である以上、絶対に胡桃沢の次期当主にすると、そう決定していた。本当に、不甲斐ない親じゃ……子を授かっていいほど、儂は人間として成長できてなかったのじゃ」

「成長……？」

「二十そこそこの未熟者に、子育ては早すぎたということじゃ」

子供の立場からすると、親という存在は絶対である。

間違いなんてありえない……そう勝手に思い込んでいたけれど、違う。

親だって人だ。

失敗することだって、あるんだ。

「優しき子であった。感受性が強く、涙もろくて、情に厚い……儂の子とは思えないような『温かさ』を持っておった。今にして思うと、それは長所じゃが……あの時はそれが『短所』にしか思えなかった。ビジネスの場において、感情は不要じゃからな」

……そういえば、りーくんが言っていた。

生まれた家が、めんどくさい——と。

一徹さんもまた、その被害者なのかもしれない。

「素直すぎて人にだまされやすい性格を直せと、何度も叱りつけた。厳しく指導して、胡桃沢にふさわしい人間に育て上げるつもりじゃったのだがな……あの子の優しさは天からの授かりものじゃ。なくなることなどない。次第に、あの子が視界に入るだけで腹が立ってきた。儂の思い通りにならないあの子を、受け入れられなかった」

それが後悔なのだろう。

過去に犯した自らの過ちに、一徹さんは打ちひしがれていた。

「だから見捨てた。親子の縁を切り、遠い親族の家に預けた……当時は何とも思わなかった。むしろ、あの子のためになるとすら勘違いしておった。胡桃沢で生き抜くには弱すぎる子じゃと、思い込んでおった」

「…………」

何も言えなかった。

その選択が間違えていることはなんとなく分かる。だけど、それを責めるには……あまりにも、一徹さんが苦しそうにしていたから。

「それから二十年ほど経過して、四十を超えて第二子が生まれた。くるりの母親じゃ……その時期から、儂は少しずつ落ち着いてきた。言うことなど一切聞かないおてんばな娘を育て上げ、婿養子をもらい、孫娘が生まれて……十年くらい前だったか。大病を患い、死の淵をさまよった」

そして、りーくんが話に出てきた。

いったいどうして、一徹さんが彼女を溺愛しているのか……その理由が、今から語られようとしていた。

「かろうじて一命をとりとめたものの、そこで儂は人生を振り返るようになって……ようやく、見ないふりをしていた過去の罪と、向き合えるようになった。無論、今更許してほしいと思っているわけではない。ただただ、元気でいてくれているのか……それが気になって仕方ない」

「連絡は、とれないんですか?」

「……とろうと思えば、とれるかもしれん。養子に預けた家とは親交が続いている……じゃが、勇気が出ない。儂は、あの子と会話を交わす権利すらないのじゃからな」

『そんなことないです。実子なんだからきっと、一徹さんの連絡を喜んでくれるに決まっています！』

と、言うのは簡単だ。

でも、俺がそう伝えたところで、意味などない。

だって、誰よりも一徹さんを許していないのは、ご自身なのだから。

俺には何も言えるわけがないし、一徹さんだって慰めの言葉を欲していない。

「罪滅ぼしなんじゃよ。くるりを溺愛しているのは……せめて、孫娘くらい幸せにしてあげたい。あの子を不幸にしてしまった以上、儂はこれ以上……子供たちを、傷つけたくない。ただ、それだけじゃ」

「……だったらどうして、彼女の前で意地を張るんですかっ」

しかし、今の言葉を黙って受け止めるのは、難しかった。

「もっと素直に、その愛情を伝えてあげてください……りーくんだって、あなたのことを愛しているんです。心配しているのに、なんでっ」

「――儂が死んだら、悲しませてしまうじゃろう？」

静かな言葉だった。

だけど、その一言に……胸がいっぱいになった。

秘められている思いの大きさに、息が苦しくなったのである。

「我が身のことじゃ。先が永くないのは分かる……十年前に患った大病は完治したわけではない。もうじき、老いぼれは骨となる。そうなると、くるりはきっと苦しむじゃろう？……少しでも、その苦しみを軽くしてあげたい。そのためなら、憎まれようと、嫌われようと、構わん。くるりの気持ちが少しでも楽になるのであれば……な」

一徹さんが俺を認めないのも、りーくんに対して意地を張るのも、わざと『くそじじい』として振舞っているのも……すべて、それが理由のようだ。

「で……でもっ！」

りーくんは、それを望んでいるのかな。

あなたのことが大好きなのに、嫌いになんてなれるのかな。

そう、反論したかった。

しかし……その言葉を遮るように、一徹さんが急にせき込んだ。

「ごほっ、ごほっ……！」

激しい咳《せき》だった。手に持っていた手帳が落ちるほどである。

「一徹さん!?」

体がくの字に折れる。顔色が急に悪くなって、慌てて駆け寄った。

そばに寄り添ってナースコールを手に取る。そのままボタンを押そうとしたけれど……

そっと、手をつかまれた。

「ならん。まだ、早い……明日までは、な」

りーくんと、会うまでは。

まるで、今生の別れであるかのような、覚悟の宿った瞳に見据えられて……動きが止まった。

「くそじじいには、くそじじいなりの意地があるんじゃ。若造よ……理解せよとは言わん。じゃから、見逃せ。頼む……あと一度だけ、孫娘の顔を見せてほしい」

今、ナースコールを押せば、どうなるんだろう？

まさか、そのまま面会が許されなくなるなんてことが、ありえるのか？

容体が悪すぎるせいで面会する状態ではないと判断されて、りーくんと一徹さんが一生会えなくなる……その可能性は限りなく低いと思う。

でも、ゼロじゃないかもしれない。

その不安と、一徹さんの覚悟に、俺は負けた。

ゆっくりと、ナースコールのボタンから手を放す。

「そうじゃ。それでいい……貴様のせいではない。小僧は何も悪くない。感謝する」

「っ……！」

弱々しい姿をまともに見られなくて、視線を落とす。

そこには、一徹さんが先ほど落とした手帳があった。

あと、もう一つ……色あせた写真もあって、それに目がいった。
そっか。一徹さんがずっと見ていたのは、これか。
おそらくは手帳に挟んで、常に眺めていたのだろう。
「この写真は、息子さんですか？」
「……質問は一つだけと言ったはずじゃ」
答えてくれなかったけど、たぶん当たっているのだろう。
まだ少し苦しそうな一徹さんに代わって、写真と手帳を拾った。
別に、見ようと思って見たわけじゃない。
だけど、手に取った拍子に写真の人物の顔が見えたのだ。
色あせていても分かる。そこには美少年が映っていた。
年齢は今の俺とさほど変わらないだろう。
髪の毛は黒だ。しかし、目は特徴的である。蒼《あお》い瞳がとても綺麗《きれい》で……!!
(えっ!?)
もう一度、写真をまじまじと見つめる。
だって、あまりにも……既視感があったから。
瞳の色だけじゃない。顔立ちも、どことなくあの子の面影があるような気がした。
「……返せ」

すぐに一徹さんに取り上げられてしまったので、ゆっくりと見ることはできなかった。

だけど、やっぱりそうだ！

「あの……」

すぐに気付いたことを伝えようとした。

だけど、一徹さんはもう俺を見てくれなかった。

「話は終わりにしてくれんか？　もう、きつい……帰れ」

気分を害したわけではないと思う。

ただ、辛《つら》そうにしていたので、体力的な問題があることを察した。

これ以上、動揺させるようなことは言えない……だから今は黙っておこう。

「はい。明日、また来ます……ありがとうございました」

素直に従って、感謝の言葉を伝える。

「…………」

しかし、一徹さんは何も言わずに横になる。

このまま眠るのかもしれない。邪魔にならないよう、俺も帰るとしよう。

「失礼しました」

ぺこりと頭を下げて病室の扉を開ける。去り際、もう一度ベッドの方を見てみると、やっぱり息子さんの写真は大切に握りしめたままだった――。

◆

帰り道。

ふと背後にある病院を振り返って、一徹さんの病室がある階を見上げた。

当然、ここからは中の様子が見えない。

（……そうか。一徹さんが最初の大病を患ったのは、約八年前……俺がりーくんと出会ったころと、ほぼ同時期だ）

もしかしたら、かつても一徹さんはここにいたのかな。

このあたりだと一番大きな医療施設なので可能性は高い。俺も、生まれた時はお世話になったらしい。

つまり、当時のりーくんも、一徹さんの様子を見守るためにここにいたのかもしれない。

そして、数年ほどして退院した後、一緒にりーくんも転校した……そう考えると色々と辻褄《つじつま》が合う。

（あのころから君は、自分のことで辛いはずだったのに……俺のことを心配してくれていたんだ）

ギュッと、手を握る。

改めて彼女の優しさを感じて……より強く、りーくんの助けになりたいと願う。

こんなに優しい女の子なのだ。きっと、一徹さんを心の底から嫌いになんてなれないだろうし、それで苦しみが軽減するわけがないと思う。

嫌われることで他者を救う。

過去、中山幸太郎もよくそういうことをしていた。

そういう自己犠牲的な行為を率先してこなせてしまう人間なのだ……時と場合によっては、これが最善となりえることを知っている。

でも、今回はそれは難しい状況だ。

だって、一徹さんはりーくんにとって大好きなおじいちゃんでしかない……過去、あなたがくれた優しい気持ちを、彼女が忘れられるわけがないだろう。

(でも、俺が手助けすれば……一徹さんの思いを汲《く》むことだって、できる)

なんとなく分かる。

中山幸太郎が、一徹さんの思惑通りに動いてしまえば……りーくんは、大好きなおじいちゃんを嫌いになれてしまう。

彼女は俺のことになると感情的になりやすい。

それを利用して、一徹さんが俺の悪口を言うように仕向ければいいのだ。

そうなったらきっと、りーくんは激怒して一徹さんを嫌いになるだろう……俺の意思次第で、そういう未来だって作ることが可能だ。

だけど、ごめんなさい。

一徹さん……俺はあなたの味方になれません。

(そんな結末を、誰も望んでいない)

俺は神じゃない。だから、一徹さんの病気を完治させることはできない。

それでも……仮に、最悪の事態が起こったとしても。

(りーくんと一徹さんが幸せでいてくれることが、一番いいよ)

そういう選択だって、今の俺にはできる気がした。

(俺がやるべきことは――)

冷静に考えをまとめる。

不思議なことに、思考が冴《さ》えていた。今までの情報と、今日得られた情報を統合して、整理して、分析して、予測して……流れを、作り上げる。

みんなが幸せになる物語を。

俺なりに、ハッピーエンドのシナリオを構築してみた。

今までは誰かの言いなりにしかなれなかった。創造力がないと、メアリーさんに言われたこともある……でも、今は違った。

「よし」

思考は数分程度で終わった。

ふと、足を止めて空を見上げる。すっかり暗くなっているけれど……雲一つないおかげで星がよく見えた。

俺は星が好きである。

なぜなら、大好きな人の名前を逆にした名前だから。

(しほ……今回は君の力も必要になるよ)

一徹さんは、彼女を見たらどんな反応をするのだろう？

予想もつかないけれど、きっと喜んでくれることを願って……俺はゆっくりと、歩き出すのだった。

◆

——そして、翌日。

学校が終わって、ついにお見舞いに行く時間を迎える。

「あの……こーたろー、ちょっといい？」

病院に向かっている途中、俺たちはいつもの公園に立ち寄った。

りーくんが何か話したいことがあるようなのだ。

「今日でダメだったら、恋人として認めてもらうのは諦めましょう」

ブランコに座ったりーくんが、ぽつりとつぶやく。

「……どうしてか、聞いてもいい？」

「思っていた以上におじいちゃんの病状が重いみたい……そのせいで面会できる時間が減るみたいなの。母が教えてくれたわ」

今日一日、彼女の表情はずっと暗かった。

重々しい顔つきだったので何かあるとは思っていたけれど……なるほど。

もう、一徹さんの状態は隠し通せるものではなくなってきているのか。

「そっか……」

昨日の時点で知っていたことなので、動揺や戸惑いは抑えることができた。

ただ、一徹さんと会ったことは彼女に伝えていないので、ひとまず頷《うなず》いて様子を見てみる。

「治療に専念するために、お医者様から『不要不急の訪問はやめてくれ』と言われたみたいね」

……ウソだ。

なんとなく分かった。

きっと、りーくんの母親は一徹さんの意思を尊重して……弱った姿を孫娘に見せまいと、あえてそう言っているような気がした。

まぁ、何にせよ、今日を境にりーくんは一徹さんと会う頻度が減ってしまう。

だとするなら、なおさら……彼女には素直になってもらう必要があった。

「でも、まだ回復の余地はあるわよ。そうじゃないとおかしい……あたしの前ではあんなに元気なんだからっ。すぐに元気になってくれるはずよ……ね？」

おそらく、りーくんも察している。

ポジティブな言葉を口にしてはいるけれど、それは空元気にしか見えない……表情がずっと、暗いのだ。

「そういうことだから今日が最後よ。まぁ、最悪の場合は諦めるけれど……いえ、今日で認めさせればいいのよね。まだ、可能性はあるっ」

普段より彼女の口数が多い。

不安を紛らわしているのだろうか……やけに早口で、焦っているようにも見えた。

「実は、作戦があるのよ。聞いてもらっていい？　えっと……おじいちゃんに、あたしの子供が見られるかもしれないって、そう思わせたいの。こーたろーも、あたしの発言は否定しないで聞いておいて。それでたぶん、元気になると思うっ」

「……分かった」

同意はした。しかし、もうその作戦の結末は見えていた。

おそらく、聞き流されて終わりになるだろう。そもそも、一徹さんはりーくんの将来を心配している以上に、現状を気にかけている。

自らの死で孫娘が傷つくことを、何よりも恐れている。

だからたぶん、りーくんの発言は否定される。そこでけんかとなり、いつもと変わらずにお互いに罵り合って、素直になれないまま今日が終わる。

そしてこのまま……二人は疎遠となる。

何もしなければ、そうなっていただろう。

だけど、俺がそうはさせない。

「りーくん、聞いて」

「……なに？」

俺の雰囲気がいつも違うことを察したのだろうか。

ブランコに揺られていた彼女が、地に足をつけて静止した。

深紅の瞳はまっすぐ俺を見つめている。その視線を真っ向から受け止めて……俺は、彼女に手を差し伸べた。

「手、握って」

「え？　な、なんで？」

「いいから……少しだけ、我慢してほしい」

「べ、べつに嫌というわけじゃないからっ」

慌てた様子で、彼女が俺の手を握る。

こうして触れ合うのは何度目だろう？

幼いころはよく手を握ってくれた。

夜道を怖がっている時や、母親に叱られておびえている時、りーくんは俺を励まそうと『おまじない』をかけてくれた。

救われていた。

あのおまじないがなかったら、俺はずっと泣き虫なままだったかもしれない。

だから今度は……俺が彼女を救う番だ。

「…………」

「こーたろー？　あの、理由を……っ」

りーくんは戸惑っていたけれど、おかまいなしに無言で握り続けた。

だいたい、一分くらいだろうか。

「よし、もう大丈夫だよ」

ようやく、手を放すと……りーくんはきょとんとした表情を浮かべた。

「何が大丈夫なの？」

「『おまじない』をかけたから」

その単語に、彼女は眼を見開く。

「それって……あたしが昔、よくしてあげてたやつ？」

やっぱり覚えていてくれたようだ。

「ちなみに、効果は？」

「『今日だけ素直になれる』おまじないだよ」

天邪鬼で、意地っ張りなところも君の魅力だというのは分かっている。

でも、言葉にしないと伝わらないことって、たくさんあるんだ。

「気持ちが昂《たかぶ》ったり、怒りで我を忘れそうになったら、俺のおまじないを思い出してほしい……一徹さんの前でも、どうか――ありのままの『くるり』でいてあげて」

心からの思いを伝える。

そうすると、りーくんは……不意を突かれたようにぽかんと口を開けた。

「初めて名前を呼ばれた気がする」

「……嫌だった？」

「ええ。すっごく、嫌よ……距離感を見失いそうになるから、もう二度とその名を呼ばないで」

俺から目をそらして、彼女はブランコから立ち上がった。

まだ表情は暗いままだ。俺の言葉に少なからず動揺しているのか、彼女はもう目を合わせてくれない。

「あんたにとって、あたしは『りーくん』なのよ。あたしにとって、あんたは『こーたろー』でしかない。弟みたいな存在だとしか、思っていないいんだからね？」

「うん、分かってる」

「それなら、いいわ……うん。ちゃんと、心に刻んでおきなさい？」

表情は芳しくない。

だけど、なんとなく悪い感触はなかった。

「あたしも、心に刻んだ。おまじない……ありがとう。すぐ、頭に血が上って我を忘れちゃう性格だけど、今日だけは耐えられるかもしれないわ」

「そうだと、嬉《うれ》しいよ」

「勘違いしないでね？　あんたの顔に免じて耐えてあげるのよ……感謝しなさい？　べつにあたしは、おじいちゃんのことなんて心配してない……こともないいんだからね？」

「あはは。分かりやすいね」

笑うと、彼女はぷいっとそっぽを向いて歩き始めた。

もう行くわよと、そう言わんばかりに。

……さぁ、下準備は整った。

ここから、胡桃沢くるりのハッピーエンドを、作り上げるとしようか――。

❄

第九話 ご都合主義

「ごほっ、ごほっ……！」

病室に入る寸前のことだった。

扉越しにも聞こえてきた大きな咳《せき》を耳にした瞬間、りーくんが血相を変えた。

「おじいちゃん!?」

ノックもなく、部屋に飛び込む。

でも、俺が顔を出したその時点ではもう、一徹《いってつ》さんは異変を隠していた。

「くるりよ、部屋に入る際はノックをしろと教えたはずじゃが？」

今日は横になってすらいない。

俺たちに背を向けるように仁王立ちで、窓の外を眺めていた。

その後ろ姿は、初めて病室を訪れた時と同じように覇気を放っている。

一見すると七十八歳には見えないような大巨漢がそこには佇《たたず》んでいた。

「だ、だって、咳の音が聞こえたからっ」

「……儂《わし》は咳なんぞしておらんが？　別の病室の音を間違えて聞き取っただけじゃろう。

ほれ、こんなに元気なのだからな」

反転して、こちらに顔を見せた一徹さんは……予想通り、不敵な笑みを浮かべていた。

本当はそんな状態ではないくせに。

孫娘を心配させまいと、強がっている。

昨日の弱々しい姿がウソだと思えるほどに、今日の一徹さんは別人に見えた。

「元気……なら、いいわ。うん、良かった」

「残念じゃったな。……ん？　小僧もいるのか。無粋じゃな。一週間ぶりの孫娘との再会じゃぞ？　空気を読め、戯《たわ》け者が」

「はい。『一週間』ぶりですね」

「うむ。一週間、ぶりじゃな……小僧」

あえて『一週間』を強調したのは、昨日の出来事をりーくんに話していないという意思表示でもあった。

きっと、一徹さんにもその意味が伝わっているのだろう……その表情は、どこか安堵《あんど》しているようにも見える。

昨日の出来事を打ち明けていたら、彼女は心配してしまうから。

一徹さんはそれを恐れているのだろう。

「見たくない顔じゃな。挨拶がすんだなら帰っても良いぞ？　孫娘と二人きりの時間を邪魔するな、小僧。後でいくらでもイチャイチャすれば良かろうものを……わざわざ儂に見せつけようとするとは、性格が悪いのう」

「べ、べつにそんなことしないわよ！」

「しておらんのか？　年頃の男女なら少しくらい――」

「この……すけべじじいっ！」

やり取りはいつも通り。

りーくんも、一週間ぶりにけんかできたことが嬉《うれ》しいのか、表情が明るい。

さっきまでの不安そうな表情が少し柔らいでいた。

「それで、体調はどうなの？」

「すこぶる良い。絶好調じゃな」

「じゃあ、手術はうまくいったってことね……良かった」

「なんじゃ？　心配しておったのか？　かわいい孫娘じゃのう」

「そ、そういうわけじゃ……っ」

りーくんは反射的に一徹さんの言葉を否定しかけて、その寸前で言葉を止めた。

俺の『おまじない』はちゃんと覚えてくれているらしい。

だけど、やっぱり心から素直にはなりきれないのだろう……相変わらず一徹さんに対する態度が、どこか素っ気なかった。

「ねぇ、これからお見舞いできなくなるって本当なの？　母がそう言ってたわ」

「うむ。状態が想定以上に良いのでな……少し、強めの薬を使用することにした。副作用があるので体力を消耗するのじゃが、その分効き目は抜群らしい。暫《しば》し、面会する余裕がなくなるかもしれんが、回復したらまた面会に来るがいい」

「……分かった。早く治してね？」

「無論、心配無用じゃ。儂はまだ死なん」

力強い言葉に、りーくんはすっかり安心しているように見えた。

「こーたろー、見てっ。今日は立ってるわ……最近、なかなかベッドから出るところを見られなかったけど、これなら大丈夫かもしれない」

耳打ちの声も弾んでいる。

でも……俺は気付いている。

先ほどからずっと、一徹さんの息が荒いことを。

立っていることすら辛《つら》いのだろう。

それでも孫娘の前だから、無理をしているようだ。

「残念じゃったな、小僧。儂が生きている限り、孫娘は貴様にやらん。覚悟せよ、儂は頑固じゃからな？　死ぬまで貴様らのことは認めん。だいたい、こんな闘争心の欠片《かけら》もなさそうな男にくるりが守れるとは思えんのう」

「ちょっと！　こーたろーの悪口は言わないで……こう見えてすごく男らしいところもあるんだからっ」

そして、予想通りの流れとなった。

おまじないのおかげで今までは落ち着いていたのに……俺のことになると、やっぱり彼女は我を忘れる。

「信じられんな。くるりよ、やはり儂が相手を見繕ってやった方がいいとは思わんか？　地位、資産、名誉、すべてを持っている男児をいくらでも選び放題じゃぞ？」

「バカじゃないの？　欲に塗《まみ》れた人間なんてうんざりするほど見てきたわよ……彼らはあたしが求めている人間なんかじゃない」

「欲すらなさそうな戯け者よりはマシじゃと思うが？」

「……くそじじいにこーたろーの何が分かるの？」

売り言葉に買い言葉。

ますます、二人のやり取りはヒートアップしていく。

「あたしは決めたの。こーたろーと結婚して……こ、子供を産むわ。ほら、想像して？　おじいちゃんのひ孫よ？　かわいいでしょう？」

「うーむ。この男の血を引いているのであろう？　愛せるとは思えんが」

「はぁ!?　あ、あたしの子供でもあるんだから、受け入れてよ！」

「無理じゃ。儂は絶対に受け入れん……こんな血筋も知れんような雑種の血が胡桃沢《くるみざわ》に混じるなど、そんなことあってはならぬ」

「…………え？」

あ、それはダメだ。

空気が、変わった。

冷たい氷が、一面を覆ったかのように……熱が、冷めた。

「おじいちゃん……そんなことを言う人だったの？　ウソよね？　だって、おじいちゃんがいつも言ってたじゃない。『血に価値などない』って……」

「そんな綺麗事《きれいごと》を儂が言ったのか？　記憶にはないが……まぁ、儂の本心はこれじゃ。くるりよ、貴様も今なら分かるであろう？　『心』より大切なものがあることを」

「あきれた……そんなもの、ないわよ」

りーくんの顔から表情が失われる。

深紅の瞳は、失望で濁っていた。

「なんだ。おじいちゃんも結局、俗物と一緒ね……少し元気になったから本性が出たってこと？　あたしの大好きなおじいちゃんは、こんな人間じゃない」

「笑止。儂は最初からこんな人間じゃぞ？　それを理解したうえで懐いているとばかり思っておったが……まぁ良い。前にも言ったじゃろう？　くるりよ、儂は貴様に嫌われても構わん。貴様のために……否、胡桃沢のためにならないと判断したら、たとえ何と思われても阻止する、と」

「……救いようのないくそじじいね」

視線が、ズレる。

りーくんはもう一徹さんを見ていない。

心から『嫌い』になったと、そう言わんばかりに。

「だいたい、儂に好き勝手言われて何も言い返せないような小僧じゃぞ？　男児であるならもっと噛《か》みついてきても良かろうものを……へらへらと笑っているだけとは、情けないとは思わんか？　ほれ、何か言ってみろ。小僧？」

仕上げと言わんばかりに、一徹さんが俺を煽《あお》った。

「貴様にくるりを幸せにできるのか？」

不気味な輝きを帯びる瞳が、まっすぐ俺に向けられている。

『分かっておるな？』

目が、そう訴えていた。

反論して、口げんかに発展すれば……きっとりーくんが俺に加勢するだろう。それから、あまり時間も経《た》たずに『もういい』とりーくんが話を切って、病室を出ていく流れとなるはずだ。

これで一徹さんの目的は達成。

孫娘に嫌われて、面会もなくなり……疎遠となる。りーくんの受けるショックは限りなく低く調整されたところで、お亡くなりになるつもりなのだ。

そういうシナリオが見えた。

誰かが救われるようで、誰も救われない……誰にも求められていないお話が完結されようとしている。

だから俺は……その悲しい物語を、捻《ね》じ曲げるのだ。


「——ごめんなさい」


ぺこりと、頭を下げる。

その行動に、二人はぽかんと口を開けた。

「こーたろー？　何してんの？」

「小僧……何を謝っておるのだ？」

「色々なことについて、です。一徹さん……そして、りーくん。ごめんね？　俺は今から、二人の敵になるよ」

俺は、誰かが傷つくことを許容できる人間じゃない。

そんな『主人公』ではないのだ。

俺が物語の中心にいる以上、誰も不幸になんてしない。

「一徹さん。あなたの言葉通りです……俺にはりーくんを幸せにすることなんてできません。だって俺には、他に好きな人がいますから」

「……どういうことじゃ？」

「そのままの意味ですよ。りーくんじゃない女の子が好きなんです」

そう言い切るのと、ほぼ同時だった。

「――だましたのか」

声色が、変わる。

獣のような低い唸《うな》り声は、耳にするだけで恐怖ですくみ上がりそうな圧を放っている。

以前までの俺なら耐えられなかったかもしれない。

でも、今の俺は飄々《ひょうひょう》とそれを受け流すことができた。

「はい、だましました」

「……くるりの気持ちを、弄んだのか!?」

恫喝《どうかつ》。鬼気迫る表情で俺に迫り、一徹さんが俺の肩をつかんだ。

病人とは思えないような気迫である。

「儂にウソをついていたことは構わん。なんとなく、貴様らの距離感が恋人らしくないことも察していた。しかし、くるりの気持ちは本物じゃ。それを、小僧……！」

「ちょ、ちょっと！　おじーちゃん、こーたろー!?　何してんのよっ」

呆《ほう》けていたりーくんが慌てた様子で仲裁に入ってくる。

でも、その前に俺はもう一言加えた。

「違いますよ。だましていたのはりーくんじゃなくて『一徹さん』です。そうだよね、りーくん？」

「…………へ？」

急に話を振られて、彼女の動きが止まる。

「小僧……どういうことじゃ。詳しく説明せよ」

激怒していた一徹さんも、流れがおかしいことを感じたようだ。

「最初から、付き合っていなかったんです。もともと俺は、彼女の恋人ではありません……一徹さんをだましていて、ごめんなさい」

事実をありのままに告げる。

そうすると、二人はどうしていいか分からないといわんばかりに、視線をさまよわせた。

「なぜじゃ？　いかなる理由があって、そんなウソを……」

「あなたを元気にしたかったから。りーくんの将来を心配していた一徹さんに安心してもらいたかった……たとえウソでも、孫娘に恋人がいることを喜んでくれると思ったんです。

もちろん、俺がではありませんよ？　彼女が、そう判断したんです」

「……本当か、くるり？」

「――っ」

まさか俺に裏切られるとは思っていなかったのだろう。

当初のプランとは違う流れになって、りーくんは動揺していた。下唇を噛んで一徹さんから目を背けている。

「べ、べつに……！」

それから、いつものように否定しかけて。

でも、一徹さんごしに見える俺を見た彼女は、言葉を止めた。

もしかしたら、俺のことを悪く言った一徹さんを彼女はまだ許せていなかったのかもしれない。

素直になんてなりたくないと、そういう顔をしていた。

だけど、否定の言葉を口にする寸前で、俺との約束を思い出してくれたようだ。

先ほどかけた『今日だけ素直になるおまじない』を。

「……本当よ」

視線はまだそれたままだ。

しかし、少しずつ……彼女は本音を言葉にしてくれた。

「おじいちゃん、あたしのことが大好きだから……あたしのために、元気になってくれると、思ったからっ。花嫁姿も、ひ孫も、おじいちゃんは見たいでしょ？　だったら、こんな病気……早く治してよ。あたしのために、元気になってよ……ばかっ」

泣いているわけじゃない。

だけど、紡がれた思いは、涙のようにポロポロとこぼれていった。

「あたしが幸せになる姿を見届けてくれないの？　ねぇ、おじいちゃん……まだ、恩返しできてない……もっともっと、長生きして。そうじゃないと、寂しい」

純粋でまっすぐな愛情が、言葉という形となる。

「まだ『ありがとう』って言ってあげられるほど、あたしは大人になりきれていない。今も、言ってあげられる余裕がない……だから、もうちょっと待ってほしいの。お願いだから、まだ……いなくならないでっ」

きっと、一徹さんは驚いているはずだ。

こんなにも、りーくんが愛してくれていることを、知らなかっただろう。

「くるり……っ」

それでもなお、迷っているのは……まだ、足りないから。

嫌われる余地があると、そう思い込んでいるのなら……一徹さんの勘違いも、訂正しておこうか。

「何を言ったところで、あなたがしてきたことは『ウソ』になりません。息子さんのこともそうです……そして、りーくんにしてきたことだって、なかったことにはなりませんよ。あなたがくれた愛情を忘れるほど、彼女は情のない人間ではありませんから」

離縁した息子さんにとって、一徹さんは最悪の親かもしれません。

だけど、りーくんにはそんなこと関係ない。

彼女にとってあなたは、優しくて大好きなおじいちゃんなんですから。

「わざと嫌われるような発言をしても無意味です。りーくん、安心して……さっきの一徹さんの言葉は、全部ウソだから」

「……本当に?」

「もちろん。だって、君の大好きな『おじいちゃん』は、あんなこと言わないだろう?」

「そうね。うん、そうよね……そうに決まってるわね」

言われなくても、そんなことは分かっていたはず……だからすぐに、彼女は俺の言葉を信じて頷《うなず》いてくれたのだろう。

「いずれにせよ、あなたがいなくなったらりーくんは傷つきますよ? 嫌われるような発言をしたところで自己満足にしかなりません。もう、後悔はしたくないのでしょう? だったら、背負ってくださいよ。傷つかれることを、受け止めて……最後まで足掻《あが》いて、愛して、幸せな思い出をたくさん残してあげてください」

赤の他人が口にするべき言葉じゃないということは分かっている。

こんな説教、図々しいにもほどがある。客観的にみると本当に余計なお世話だ……でも、お節介は『主人公』の特権だから。

「一徹さんの選択は間違えている……若造にもそれくらい分かりますよ？」

そう告げて、一徹さんに笑いかける。

「俺にはもう、心に決めた人がいます。残念ながら、彼女の人生は背負えません……心配なら、もうちょっと長生きした方がいいのでは？」

「――言うではないか、小僧」

俺の言葉に、一徹さんもまた……笑ってくれた。

苦々しく、それでいて清々《すがすが》しいような、複雑な表情である。

「否……幸太郎《こうたろう》。なかなか気骨のある若造じゃ。貴様は、どこかあの子と似ている……幸太郎であれば、くるりを任せられると思っておったのに。残念じゃ」

はい、ごめんなさい。

認めてくれていたことは、嬉しいです……だけど、あなたが求めるものをりーくんに与えることはできません。

「言いたいことは分かる。儂だって、本当は見守ってやりたい。しかし、そろそろ休ませてほしい……限界じゃ」

その瞬間だった。

一徹さんが、ふらりとよろめく。

「おじいちゃん!?」

りーくんがそう叫ぶ前に、俺が一徹さんの体を支えていた。

「っ……!」

やっぱり無理をしていたのだろう。苦しそうな一徹さんを、そっとベッドに座らせてあげる。

「すまん。くるり……すまん」

何度も謝るその姿から、もう覇気は失われていた。

昨日の、弱々しいおじいさんとなってしまっている。

もう、孫娘の前ですら意地を張れないほど……一徹さんの状態は悪い。目も虚《うつ》ろで焦点があっておらず、意識もどこか希薄だった。

「手術はな、リスクが高いと……断念した。この一週間は、体調が悪くて寝込んでおった。これから、投薬による延命の処置に入る。くるりが、儂の死を受け入れられるその時まで生きられるように、と……」

「――ばか!」

限界だったのは、りーくんもだろう。

彼女はもう、泣いていた。

初めて、りー君の涙を見た。

「どんなに時間が経っても、大好きなおじいちゃんの死を受け入れられるわけなんてないわよ！　だから、そばにいさせて。少しでも長く……ここに、いさせて」

我慢できないと言わんばかりに、りーくんは一徹さんに抱き着いた。

そんな彼女を、あやすように撫《な》でながら……。

「……すまん、くるり」

それでも頷いてくれないのは、諦めてしまっているからなのか。

もうじき、終わる。

そう悟ったような表情を、浮かべていた。

「儂は、長生きしていいような人間ではないのじゃろうな。くるりには言えないようなことをたくさんしてきた……天国からは、見守ってやれんかもしれん。じゃが、地獄からでも、願っておる。くるりの幸せを、な……」

もう、十分に生きた。このまま眠らせてくれ……そう言わんばかりだ。

まだ足りないのだ。

りーくんへの愛情だけで生にしがみつけるほど、一徹さんは自らを赦《ゆる》していない。

「人を不幸にした罰を、背負わなくてはならない……儂だけが幸せになんて、なれぬ」

だったら、理由を提示すればいい。

一徹さんが自分を赦さなくても、生きなくてはならない理由を……与えればいいのだ。

「……一徹さんは、奇跡を信じますか？」

唐突に、問う。

当然、一徹さんは……いや、りーくんも、困惑していた。

「こーたろー？　いきなり、どうしたの？」

「ちょっと、聞きたいんだ。一徹さんに……奇跡という存在を、どう思うか。それは定められた『宿命』なのか、単なる『偶然』であるのか」

「貴様の意図は分からんが、答えれば良いのか？」

はい。お願いします。

あなたのお考えを、言葉にしてください。

「奇跡、とは……宿命じゃな。すべての事象には意味が宿る。偶然という言葉で片付けるには、勿体《もったい》ない」

やっぱり、そうですよね。

根拠はないけれど……あなたなら、そう言ってくれると思っていました。

「だったら、この『奇跡』の意味は何なのか、ちゃんとお考えくださいね？」

そう言った、直後のことである。

「しほ、おいで？」

誰もいないはずの背後に向かって、声をかける。

それと同時に……そろーっと、病室の扉が開いた。

「あ、あのっ。えっと、その……こ、幸太郎くんに呼ばれてきました！　盗み聞きしちゃうつもりはなかったけれど、全部聞いちゃって……ご、ごめんなさいっ」

ぺこりと頭を下げる、白銀の少女。

「なっ——!?」

彼女を目の当たりにした瞬間、一徹さんは唖然《あぜん》とした。

それも無理はないだろう。だって、しほは……『奇跡』そのものなのだから。

「ごめんね、待たせちゃって。あと、いきなりで悪いけど、自己紹介してあげてくれる？」

「分かったわ！　こほんっ。は、はじめまちてっ。しゅみょちゅきしゅほでしゅっ」

「しほ、噛んでる。落ち着いて……何を言ってるか分からないから」

「だ、だってぇ！　きんちょーするっ」

もう一度、手を振って『おいで』と促すと……彼女は隣にやってきて、俺の洋服をちょこんとつまんだ。

そこでようやく、気持ちが整ったのだろう。

「霜月《しもつき》しほ、です」

名を、口にする。

その瞬間に、一徹さんは……くしゃりと、表情を歪《ゆが》めた。

「『霜月』か……っ!?」

はい。彼女の苗字《みょうじ》は、霜月。

おそらく、あなたにとって……遠縁の親族ですよね？

かつて、息子さんを預けた家ではないですか？

(あの写真に写っていた息子さんはどこかしほに似ていた)

髪の毛は黒だし、男性だったけど、顔立ちにしほの面影があった。

いや、正確には……しほに、面影があるのだ。

彼女の父親である『霜月樹《いつき》』と、顔立ちが似ている。

あともう一つ、少し気になっていたことがある。

それは、しほがりーくんに対して最初から『人見知りが発動していなかったこと』だ。

その理由はもしかして『血縁者』だからじゃないだろうか。

彼女は、家族に対しては人見知りが発動しない。

その延長線上にりーくんは存在しているおかげで、初めから気楽に接することができたのかもしれない、という仮説があったのだ。だって、しほにとってりーくんは『いとこ』

にあたる。

　その説は、たぶん正しい。

　なぜなら、今も……しほは初対面の一徹さんに緊張こそしているものの、まったく怖がっている様子がなかった。

「……息災であったか」

　とりあえず、俺ですら分かるくらい若かりしころの樹さんにはしほを連想させる雰囲気があった。一徹さんなら、そのことを俺以上に強く感じていることだろう。

「良かった。本当に、良かった……！」

　目頭を押さえて、震える声を発する。

　その声には、喜びの色が強くにじんでいた。

「え？　な、なんで泣いてるの？　ちょっとおじいちゃん……？　霜月も、これはどういうことなの!?　な、なんとかしてよっ」

「えー!?　わたしになんとかできるわけないわ！」

「あたしだって泣いてるの！　もう、意味が分からない……！」

「う、うぅ……わたしもなんだか泣いちゃいそうっ。くるりちゃん、元気出してぇ」

　それからしほは、一徹さんを見てこう言った。

「――おじいちゃまも、泣かないで？」

その一言に、一徹さんは……相好を崩した。

「やってくれたな、小僧」

俺を見て、ニヤリと笑う。

不敵な笑みは、一徹さんらしい力強さが宿っている。

「はい。この奇跡を……いや、宿命を背負ってください。死んで逃げることなんて許されませんよ？　あなたには彼女たちの幸せを見届ける『義務』がある。生きて、見守らないといけない孫娘のことを、ちゃんと考えてあげてください」

一人だけじゃない。

二人、あなたが幸せを確かめないといけないのだ。

「……無論じゃな。死ぬのは——まだ早い！」

そして、一徹さんは再び立ち上がった。

しほに近づいて、その顔をじっくりと眺めて……優しく、微笑《ほほえ》んだ。

「しほ、といったか？　貴様のご両親は、元気か？」

「ふぇ？　あ、あにょっ……はい、元気です！　パパはわたしに優しくて、ついついお小遣いをたくさんあげちゃうみたいで、ママにいつも怒られてますっ」

「そうか……そうか。それは、何よりじゃな。あの子らしいのう」

一徹さんは気に病んでいた。

自分が見捨てた息子が、幸せでいてくれるのか。

その心配がなくなったおかげか、晴れやかな表情を浮かべていた。

「くるりよ、悪かった。やはり、明日にでも大手術を受けようと思う。リスクが高すぎて受ける気にならんかったのじゃが、成功すれば一気に体調が回復するであろう」

「え!? そ、それは、大丈夫なの？」

「心配は無用。なぜなら儂は、まだ死ぬことを許されておらんからな。奇跡的に成功するであろう……それが宿命であるのじゃから」

はい。あなたはまだ、死んではいけない。

そんな物語は、許されていないんです。

足掻いてください。りーくんと、しほのために。

樹さんを不幸にした分、二人を幸せにしてあげないといけないんですから。

（なんとなく、大丈夫な気がするなぁ）

……不思議と、手術が失敗するなんて考えられなかった。

予定調和というか、ご都合主義というか……そう思われるような結末かもしれない。

でも、それでいいんだ。これこそが、求められている物語なのだ。

みんなが幸せな『ハッピーエンド』であることには違いないのだから――。

第十話 べつにあんたのことなんて『好き』じゃないんだからねっ

見事だ、コウタロウ！

主人公の『紛《まが》い者』でしかなかったモブが、覚醒を経てようやく『本物』に成熟した。

その瞬間を目の当たりにできるなんて……夢みたいだよ。

退屈な現実世界においてキミたちの『日常《ストーリー》』は本当に面白い。

さぁ、これで主人公の物語は終焉《しゅうえん》を迎えた。

そして今度はキミたちの番だよ……シホ、クルリ？

『サブヒロインによる、腑抜《ふぬ》けたメインヒロインへの下剋上《げこくじょう》』

ついにワタシにとって好ましいラブコメが紡がれる。

すべてはこの時のために……色々と下準備をしてきたのだ。

クルリがコウタロウと公園で運命の再会を果たした。

ワタシが彼の動きを予測して、クルリに公園へ行くように指示したおかげでそのイベントが発生した。

事前にコウタロウに関する情報や人間関係を教えることで、メンタルが不安定なクルリの動揺を限りなく小さくしてあげた。

そうじゃないと、クルリはシホのことを受け入れられないと判断した。彼女が心の準備を整える時間が必要だったからね。

温泉旅館でリョウマたちと遭遇……はすでに説明したかな？　クソジジイの転院に関与していることも前に匂わせたし、このあたりの説明は省こうか。

ほかにも、病院でコウタロウだけ面会できるようにしてあげたり、シホが病室の前で待機している際、ほかの看護師や患者に邪魔されないように手配していたのも、ワタシだ。

コウタロウにとって都合がいいように暗躍していた、というわけだ。

もちろんそれは、彼だけのためにあらず……ワタシの見たい物語の下準備でもある。

（『素直になるおまじない』なんて、とても素敵じゃないか）

ツンデレヒロインは一日だけ、デレデレの正統派ヒロインとなる。

絶好のチャンスだった。

まだ一日は終わっていない……この日だけキミは、ツンデレという敗北が確定している属性から脱却することができる。

シホ、ありがとう。

コウタロウとのラブコメをキミが引き延ばしてくれたおかげで……隙が生じた。

絶対的なメインヒロインのシホは、油断さえしなければその地位は揺るがない……だけど、キミが堕落したおかげで、ラブコメの神は新たなヒロインを生む決断をした。

(クルリ、これからはキミの時間だ……存分に、腑抜けたメインヒロインを圧倒してくれ。ああ、告白は成功する必要はないよ？　失敗してもいい。今、必ずしも付き合う必要はない。とにかくこれで『胡桃沢《くるみざわ》くるりルート』が生じることは確定だ……ここからは純愛ラブコメじゃなくて『三角ラブコメ』になる)

そして、最終的にクルリがシホに勝つ。

その結末を想像しただけで、興奮が止まらなかった。

「にひひっ。ざまぁみろ……メインヒロイン。主人公の優しさにあぐらをかいていた罰を受けろっ。後悔するがいい。苦悩するがいい……自分の甘さを、呪うがいい」

これは私怨でもある。

シホ、前に言ったよね？

『覚えていろ』

その思いは今もなお忘れていないよ——。

◆

——一徹《いってつ》さんの病室を出た時にはもう、あたりが真っ暗になっていた。

「霜月《しもつき》、あれはどういうことなの？　ねぇ、なんでいきなり来たのよ……どうしてあんた、そんなに泣いてるの？」

「幸太郎《こうたろう》くんに呼ばれてきただけだもん！　わ、わたしも、なんで泣いてるか分かんないもん……うわーん！」

結局、しほは泣いていた。

りーくんと一徹さん以上に号泣していたので、二人があきれて泣き止んだくらいだ。

「おじいちゃまを見てたら、なんだか胸が温かくなって泣いちゃったの。なんだか、ほんわかしてて……パパみたいだった」

「何よそれ？　霜月のことはやっぱり分かんないわね……でも、こーたろー？　あんたは全部、分かってるんでしょ？　どういうことなのか説明しなさいよっ」

どうして一徹さんがしほを見て驚いていたのか。

急に元気になってくれたのか……もちろん理由は知っている。

だけどそれは、俺から伝えるべきことではないような気もしていた。

「ごめん……一徹さんに聞いて」

「それはつまり、言うつもりがないのね？」

「俺からは教えられない」

「……まぁいいわ。あんたがそう言うなら、もういい。おじいちゃんが元気になったら、全部聞くから」

うん、そうしてくれ。

どうせすぐに元気になってくれるはずだから……たくさん、話す機会はあるだろう。

りーくんも、一徹さんのことは心配していない様子だ。

「それにしても、明日手術なんて……母がびっくりするでしょうね。でも、良かった。倒れる前のおじいちゃんに戻ってたから、ほっとした」

そんなことを話しながら歩いていたら、いつもの公園に到着した。

もう夜なので早めに帰った方がいいことは分かっている。しかし、なんとなくまだ離れたくない気分だったので、俺たちは公園に立ち寄ることにした。

そのころにはようやく、彼女も泣き止んでくれた。

「しほ、遅くなっても大丈夫？」

「ええ。幸太郎くんと一緒なら大丈夫って、ママとパパが言ってるわ」

さつきさんと樹《いつき》さんに信頼されていてすごく嬉《うれ》しい。

あ、そうだ……今度、お二人とお会いする時は、それとなく一徹さんのことも伝えておこうかな？

なんとなく分かる。優しくて温かいご夫婦だから……この件についても、知って怒るということはないような気がしていた。

「もう、まったく……あんたたちは、本当に仕方ないわね」

公園のベンチに座ると、りーくんがあきれたように息をつく。

でも、その表情はとても朗らかだ。

「頼んでもいないのに首を突っ込んできて、余計なお世話ばっかりして、こんなあたしに優しくしてくれて、バカじゃないの？　本当に、あんたたちは……素敵ね」

それから、彼女は深々と頭を下げる。

「――ありがとう」

まだ『おまじない』は継続しているのだろうか。

珍しく、りーくんが素直だった。

「二人のおかげで、おじいちゃんは元気になったし、あたしも……少しだけ、自分に正直になれた。あんたたちがいなかったら、どうなってたのか想像もしたくない。本当に助かったわ。ありがとう」

頭を下げながら感謝の言葉を重ねる。

そんなに丁寧にされると、逆にこっちの居心地が悪かった。

「いやいや、気にしなくていいよ。俺はただ、恩返しをしただけで……」

「幸太郎くんは分かるけど、わたしは何もしてないわ。そんなに感謝しなくていいのに」

「……何もしてない？　そんなこと、ないわよ」

しほの言葉を耳にして、りーくんは顔を上げた。

「むしろ、霜月には一番負担をかけたと思うけど」

「え？　そうかしら……わたし、負担なんてかかってないわ」

「……ああ、そうだった。うん、あんたは……そう言っちゃうわよね」

それから、何かを思い出したように彼女はため息をつく。

しほを見つめるその瞳は、夜だというのに不気味な輝きを帯びていた。

「――忌々《いまいま》しいわね。今が絶好のチャンスであることを、肌で感じる。ここで、あたしの選択次第で何かが変わる……彼女の言う通りに、ね」

それから、俺にはよく分からない独り言を呟《つぶや》き始めた。

「ふふっ……ああ、そういうこと。ふーん？　よくできてるじゃない。たしかに今なら、あたしが有利になる。ここでちゃんと、言う通りにできたら……あんたの思うがままに、運命が変わる」

いったい、彼女は何を言っているんだろう？

分からない。だけど、なんとなく……何か不気味な気配を感じた。

「ほへ？　くるりちゃん、どうしたの？」

でも、俺とは違ってしほは何も気付いていない。

いつも通り無防備で、のほほんとしていて、警戒心が緩くて……危険な状態だった。

慌ててしほを守ろうと、立ち上がる。

だけど、遅かった。

「霜月……見てなさい？　これは、あんたが招いた事態よ。ちゃんと受け止めて、考えて、悩んで……反省しなさい」

「な、なに？　くるりちゃん、何を言ってるの……？」

りーくんが、一歩前に出る。

立ち上がった俺の眼前にやってきて、彼女は一言囁《ささや》いた。


「――こーたろー、大好き」


言葉から、りーくんの感情が迸《ほとばし》る。

熱っぽくて、甘くて、それでいて切ない思いが、俺と……それからしほの頭を、真っ白にした。

「「……え？」」

二人で同時に、目を見開く。

冗談だと、思った。

いや、冗談だと思い込みたかった。

だけど彼女がそれを否定した。

「あんたのせいで、今日だけあたしは『素直』なの……だから、本気。ずっとずっと、大好きだった。昔から、あんたと出会ったあのころから、ずっと思い続けている」

いつもかぶっている天邪鬼《あまのじゃく》の仮面はもう捨てられている。

自らを守っている薄氷の膜も、燃え上がった情熱で溶けている。

今のりーくんは、素だ。

彼女の本音が紡がれていた。

「あ、っ……ぁ！」

しほが、何かを言おうと口を開く。

だけど、言葉が出てこないようで……苦しそうな呻《うめ》き声しか、聞こえない。

一方、俺は何も言えなくなっていた。

「…………」

どう答えていいか、分からなかったから。

そんな俺たちに、りーくんが更なる言葉と思いを重ねる。

「霜月とあんたの関係性を知った時は、諦めようかとも思ったけど……やっぱり、ダメね。むしろ、ますますこーたろーのことが好きになった。あんたは本当に素敵な男の子だと思う。こーたろーより好きになれる人なんていないない……そう断言できる」

「で、でも……でもっ！」

「ごめんね、霜月。あんたには悪いと思っている……でも、恋愛ってそういうものでしょ？　まだ付き合ってもないいんだったら、あたしにもチャンスがある」

そうだ。たしかに俺たちは『恋人』じゃない。

「っ……」

その事実が、しほの言葉を封じていた。

「今は負けている自覚があるわ。告白したところで、こーたろーは受け入れられないと思う……でも、これからチャレンジさせて。霜月より、あたしの方があんたを幸せにできる自信がある。この子より、あたしを好きにさせてみせる」

力強い言葉だった。

さすが、一徹さんの孫娘だ……あの人のように、言葉に重みがある。

彼女にも感じる。

しほや竜崎《りゅうざき》が持つような『特別性』を。

普通の人間にはないような魅力があって……それを、しほも察知しているのだろうか。

「だ、め……いやっ」

懸命に、否定しようとしている。

首を横に振って、拒絶しようとしている。

だけど、止められない。

先ほどまで無防備だった彼女は、りーくんの思いに押しつぶされかけていた。

「っ……」

瞳はとっくに潤んでいた。

先ほど、病室で泣いた時よりも大粒の涙が、今にもこぼれ落ちようとしている。

その瞬間だった。


「――って、あたしがそう言ったらこうなるでしょ？」


りーくんの熱が、一気に冷めた。

冷たい風が、吹き抜ける。

感情の炎が、消える。

「霜月、甘えるのもほどほどにしなさい？」

厳しい声だった。

だけど、その言葉は優しさであふれていた。

「こーたろーの優しさに甘えて、ぬるま湯に浸《つ》かって、心地良いのは分かるわ。だけどね、人の心は永遠じゃない。いくらだって形を変える」

「りーくん……？」

ようやく、声を発することができた。

何が起きているか分からなくて、説明を求めるように呼びかけると、彼女はいつものようにムスッとした顔で唇を尖《とが》らせた。

「こーたろーは黙ってて。あんたは何も悪くない……いえ、ちょっと優しすぎるのが悪いところだけど、それが良いところでもあるから、変わらないでいてあげて。問題は、こーたろーじゃない。霜月、あんたよ」

「あ、ぅ………」

しほが、動揺していた。

状況が理解できないらしくて、助けを求めるように俺を見て……しかしその視線を、りーくんが自らの体で遮った。

「あたしを見て。霜月……これは意地悪でもなんでもない。あんたたちにしてあげられる、最後の『お節介』なの」

「おせっかい？」

「ええ。そんなに愛し合っているのに恋人になれない問題を、あたしが解決してあげる。頼まれてもいないし、余計なお世話だと分かっているけれど、ね？」

……まるで、俺たちがしたことをやり返すように。

彼女は、強引に俺たちの問題に首を突っ込んだ。

「もし、彼が他の女性を好きになったら、あんたはどうするの？」

「それは……ううん、そんなことっ」

「『ありえない』なんて、どうして断言できるの？　この世界に、あんた以上にこーたろーと相性の良い人間がいない保証なんてない」

そういえば、前々かららりーくんは俺たちの関係性に疑念を抱いていた。

再会してから今までずっと、彼女は考えてくれていたらしい。

「こーたろーは誰よりも魅力的な人間だって……霜月はよく分かってるでしょ？　別の女性がアプローチを仕掛けてくることだってあるに決まってるじゃない。今回のあたしみたいに、急に迫ってくることだってあるはずよ」

……今の言葉で、確信した。

りーくんの告白は――ウソ。

それにしては、あまりにも……真実味を帯びていたので、彼女の思惑通り俺たちはだまされてしまった。

「『幸太郎くんなら、わたし以外を好きになるはずがない』と、もしそう考えているのなら……その甘えは今すぐ消しなさい。彼の優しさに頼ることはいいことよ。でも、優しさに甘えるのは……優しくされることを当然のように思うのは、決して良いことじゃないでしょ？」

「いや、りーくん？　俺にも悪いところはあって……」

「ほら、今よ。霜月……こーたろーにかばわれるだけでいいの？　どうせ彼が守ってくれるからと思って何もしないでいるのは、ちょっと違うんじゃない？」

俺の言葉に彼女は取り合ってくれない。

りーくんは、しほとしか向き合っていない……俺がなんて言っても無駄だろう。

（でも、間違えてはいないのか）

無意識に手を差し伸べた自分を省みて、口をつぐむ。

俺も、最近のしほの言動には違和感を覚えていた。

少し、幼くなりすぎというか……子供っぽくなりすぎている気がしたのだ。

あまりにも無防備すぎて心配になるほど、彼女は俺に全幅の信頼をおいている。それは俺にとっては嬉しいことで、否定したいことではない。

甘えられることも、心地良く思っている。

だけど、それは俺たちの未来にとって、必ずしも良いことだとは限らないのかもしれない。盲目的な思いは、時に悪い方向に作用することだってある。

「守ってくれる人がいても、弱いままでいい理由にはならない。こーたろーに何かあった時、あんたが支えてあげないといけないのよ？　いつまでも、永遠に今の状態が続くと思っているのなら、今すぐにその甘えた思考は捨てなさい」

厳しい言葉だと思う。

しかし、そこには紛れもない『優しさ』が宿っていた。

だからこそ、きっと……しほの心にも届いていることだろう。

「──っ」

今にも涙はこぼれそうだ。

だけど、泣くまいと目をこすって、真正面かりーくんの視線を受け止めている。

「こーたろーが病気になるかもしれないし、もしかしたら記憶喪失になるかもしれない。もっと単純に、甘えられることに疲れて霜月に嫌気が差すかもしれない」

「………………」

「人は老いるし、心は変化する……あたしはそのせいで失敗した。おじいちゃんならずっと元気でいてくれるって思い込んでたから、なかなか心の整理ができなかった。あんたたちがいなかったら、今頃どうなってたか分からない」

「……うん」

「それとね……大好きだった人が、いつまでも変わらないでいてくれると思って甘えたから、失恋した。霜月、あんたにはあたしと同じようにはなってほしくない」

「失恋……？」

「ええ。前にも言ったでしょ？　最近、失恋したのよ。ずっと大好きだった男の子がね、別の女の子を好きになっちゃったの」

……そういえば前にも失恋の話はしていた。

詳細は聞いていないので、分からない。

だけど、話の流れから、一つの可能性が発生した。

もしかして、その失恋って……？

「念のため言っておくけれど、あんたのことじゃないからね？　こーたろー……思い上がらないで。前にも言ったでしょ？　あたしにとってあんたは弟みたいな存在で、それ以上でもそれ以下でもない。勘違いしないでね？」

って、違うか。

いやいや、それはそうだよな。

まさか、俺をずっと好きだったなんて……もしそうであれば、そんな話を今するわけがない。

……そういうことにしてと、りーくんは言っている。

「べつにあんたなんて『好き』じゃないんだからねっ」

だから俺は、そういうことにして心に留めておいた。

りーくん、ありがとう。

「霜月、もっと危機感を持ちなさい。ほかの女の子が『恋人のふり』をすることなんて許可したらダメよ。二人きりで温泉旅行もさせようとしないで。あたしがもし悪女だったら、今頃彼に手を出してるわよ？」

「それは……だめっ」

「でしょ？　だったらもっと気をつけて。霜月……独占欲は悪い感情じゃない。その感情は相手の重荷になんてならない。恋人になるってことは、要するにお互いをお互いが独占するという契約なんだから」

たしかにしほは、自分の独占欲を少し気にかけている節があった。

俺に『めんどくさい』と思われないように気をつけていると、そんなニュアンスのセリフをたまに言っていた。

「好きすぎて幸せな気持ちは分かる。満たされていることも、これ以上好きになったらどうなるか分からないという恐怖も……身をもって知っている。だけどね、乗り越えないといけないのよ。いつまでも逃げてたら、いつか追いつけなくなっちゃうから」

彼女の言葉は、不思議な説得力があった。

軽々しい発言とは決して思えないような重みを感じる。

りーくんは、しほに思いを託しているように見えた。

「あたしみたいにはならないで」

囁《ささや》くように呟いて、彼女はしほの頭をそっと撫《な》でる。

「それとも、あたしがこーたろーを幸せにしてもいいの？　あんたが無理ならあたしがやってあげる。幼なじみのあたしなら、あんたよりうまくいく可能性だってあると思わない？」

「――やだ」

いつもより、少し大人びた顔つきで。

しほはハッキリと首を横に振った。

「幸太郎くんを一番に幸せにできるのは『わたし』だから」

「ええ。その通りよ、霜月。今のところ、あんたが一番よ……だから、一番であるうちに、ちゃんと次に進みなさい。こーたろーと一緒に、幸せになってね？　……あの男と同じ真似をするのは気に入らないけど、あたしの思いもあんたに上乗せしておくから」

竜崎との場面、りーくんにとっても強く印象に残っているらしい。

しほ？　俺たちの思いは、二人分だけじゃないみたいだね。

「うん……受け取ったわ。くるりちゃんの分まで、ちゃんと幸せになる」

彼女は神妙な顔で頷いた。

いつになく真剣な顔つきで、りーくんを見つめて……それから、まるで彼女にしがみつくように、強く抱きしめた。

「ありがとうっ……くるりちゃん、ありがとぉ」

それから、我慢できなくなったように、しほが泣き出した。

涙の理由は、悲しいからなのか……あるいは、嬉しいからなのか。

それとも――りーくんのことを思っているから、なのか。

「な、泣かないで？　まったく……泣き虫にばかり懐かれてる気がするわよ。本当にもう……仕方ないんだから」

いつものようにあきれた笑みを浮かべて、りーくんはしほを抱きしめる。

その顔つきは、やっぱり優しくて……温かかった――。

エピローグ
霜月さんは『幸太郎』が好き

火曜日。色々なことがあったその翌日……俺としほは、放課後の教室にいた。

「幸太郎《こうたろう》くん、ごめんね？　誰もいなくなるまで待ってもらって」

「全然大丈夫だよ」

申し訳なさそうにしている彼女に笑いかける。

ずっと君の準備が整うのを待っていたんだ。

この程度を気にするわけがない。

「やっぱり……わたしにとって特別な場所は、ここだから」

雪乃白《ゆきのしろ》高等学校一年二組。

その教室で俺としほは出会って、友達となった。

つい先月、俺が告白して断られた場所でもある……そんなこんなで、この教室は俺としほにとって特別な場所となっていたのだ。

「今からわたしは、告白をするわ」

ハッキリと、しほが宣言する。

昨日、りーくんに発破をかけられたおかげで、彼女の覚悟は決まっているようだ。

「あの時ね……くるりちゃんが幸太郎くんに告白している姿を見て、ドキッとした。わたしの大好きなあなたが、遠くに行っちゃいそうな予感がして、急に怖くなったの」

「あれは俺もびっくりしたよ」

「ええ。本当に……驚いたし、怖くなったし、わたしが間違えていたことにも気付いたわ。ごめんなさい、幸太郎くん」

「そんなに謝らなくてもいいのに」

昨日からずっと彼女はこんな感じだ。

俺に対してすごく申し訳なさそうで、それが逆に申し訳なかった。

「しほ。ごめんなさいはもうお腹《なか》いっぱいかな」

「そう？　じゃあ、うん……で、でも、ちょっと待って！　もう少し、お話をさせて？　まだ緊張してるから……噛《か》んじゃいそう」

彼女は肝心な時によく舌足らずになる。

それはそれでかわいいと思うけど、今日はやっぱり特別なのだろう……緊張をほぐしたいみたいだ。

もちろん、ゆっくりでかまわない。

「ふぅ……なんだか暑いわ。暖房、効きすぎてないかしら」

そういって、しほはブレザーを脱いだ。その下から、夏場によく見かけていたピンク色のカーディガンが姿を現す。

「ちょっとだけ、窓を開けていい？」

「いいよ。寒いから、すぐ閉めた方がいいと思うけど」

頷《うなず》くと、彼女は窓に近寄ってそのへりに腰を下ろす。

指一本分だけ窓も開けられていて、冷たい空気が流れ込んでくるのを感じた。

「……体が火照《ほて》っていたから、ちょうどいいわ」

しほの体は窓辺の小さなスペースにもすっぽりと収まるほどに小さい。彼女は膝を抱えるようにちょこんと座って、俺を見つめた。

「ねぇ、幸太郎くん。変な話をしてもいい？」

「いいよ。しほの質問はいつも変だから、慣れてる」

「へ、変じゃないもんっ……違うわ。こほん、ふざけているわけじゃなくてね？」

うん、分かっている。

少し茶化してしまったのは、俺も多分緊張しているからかもしれない。

「ごめん、真面目に聞く」

「そこまでかしこまらなくてもいいけれど……あのね？　どうしてわたしは、最初から幸太郎くんに緊張せずにいられたと思う？」

唐突な質問は、やっぱり俺たちにとって大切なものだった。

「『音が綺麗《きれい》だから』って、しほは前に言ってたよ。そういえば、りーくんもそうなんだよね？」

「ええ。それもあるわ。だけど、くるりちゃんは幸太郎くんとちょっと違くて……パパの音に似てる気がするのよね。だから、幸太郎くんとは別なの。くるりちゃんはよく分からないけれど、幸太郎くんにはもっと分かりやすい理由があるわ」

「分かりやすい理由、か」

たしかに、音の話は俺には理解が難しいものだ。

りーくんの場合は、しほが知らないだけで血縁者なので……それが大きな理由だと思う。

しかし、俺に関しては本当に謎だった。

そういうものだと受け入れていたけれど……どうやら、別の理由もあるらしい。

「実はね……わたしたち、初対面じゃなかったのよ」

それは、意外とシンプルな内容だった。

「まだちっちゃいころ……わたしと幸太郎くんが生まれてすぐに、病院で出会ってるみたい。この前アルバムを見たら、わたしの赤ちゃんのころの写真に幸太郎くんが写っていたわ」

「それは……すごい偶然だね。でも、さすがにそのころは覚えてないなぁ」

「普通はそうよね。でもね、わたしは覚えてる。幸太郎くんの心臓の音を……不安で、怖くて、悲しくて、そんな時でもずっと隣にいてくれたあなたの音を、わたしは覚えてる。だからわたしは――幸太郎くんに緊張しなかったの」

不思議と驚きはない。

むしろ、曖昧だった答えが明確になって、スッキリした。

俺たちが生まれた病院は、おそらく一徹《いってつ》さんが入院していたあそこだろう。

この近辺だと一番大きな医療施設なのだ。

「そっか……つまり、俺たちは――」

「『幼なじみ』ということになるのかしら?」

うん。その表現で当たっていると思う。

「竜崎《りゅうざき》よりも、りーくんよりも、俺は最初にしほと出会っていたんだ」

「ええ。だから、その……幸太郎くんとは、ただ偶然最初に出会っただけで、もしかしたら……あの時出会わなければ、今こうやってオシャベリすることもなかったかもしれない」

……と、言ってはいるけれど。

しほは、即座に首を横に振った。

「そう思う意地悪な人も、世間にはいるかもしれないわ。だけどね? わたしはこう思うの……どんな人生を歩んでいても、わたしは幸太郎くんを好きになっている。だって、こんなに好きになれる人が、運命の人じゃないわけがないでしょう？」

やっぱり、そう言ってくれると信じていた。

「出会う順番なんてやっぱりどうでもいいことなのよ。赤ちゃんのころに出会ってなくても、大人になって出会ったとしても、わたしは絶対にあなたを好きになる……だって、くるりちゃんに幸太郎くんが告白された時、世界が終わったと感じたくらいなのよ？　こんなに好きなんだから、どんなことがあっても好きになるに決まっているわ」

結局、言いたいことはそれなのだろう。

「もう、怖がったりしない。幸太郎くんを好きになりすぎて、頭がおかしくなりそうになってもいい。愛が重くて、たまにヤンデレちゃんになっちゃったりすることだって、あるかもしれないわ。でも、それでいいの。わたしはもう我慢しない」

「覚悟は決まってるよ。しほの思いを受け止める準備はできてる……俺だって、しほと同じくらい、大好きなんだから」

改めて確認するまでもなく俺たちは両想いだった。

友達という枠で収まることは不可能なのである。

そろそろ、次の一歩を踏み出してもいいタイミングだった。

「……よしっ。落ち着いたわ！」

オシャベリしている間に彼女の気持ちも整ったようだ。

窓辺から降りて、こちらに歩み寄ってくる。

それから、俺の手をギュッと握った。

いつもよりも力は強い。

彼女の思いが込められていて、心臓が大きく鼓動した。

ずっとこの日を待っていたのだ。しほよりもむしろ、俺の方が緊張しているかもしれない。

「うふふ♪　久しぶりにドキドキしてるわね？　聞こえてるわよ、幸太郎くん……その音が、わたしは大好き。いいえ、音だけじゃないわ。わたしは、幸太郎くんのすべてが大好き。だからね、幸太郎くん――」

そして、彼女はついにその言葉を口にした。


「――わたしと、付き合ってください」

待ち望んでいたその一言に、俺は目を閉じる。

大好きな人の『大好き』の思いをかみしめた。

『霜月《しもつき》さん』

そう呼んでいたあのころから、まだ一年経《た》っていない。

だけど、一緒に過ごした日々は、一年とは思えないほどに濃密だった。

今まで『モブ』みたいに味気ない日々を送っていた。

朝起きて、学校に行って、いつのまにか寝ている……そんな退屈な時間を過ごして、すべてを諦めていた時期もある。

だけど、彼女のおかげで色あせていた世界が鮮やかになった。

これからもきっと、楽しくて幸せな時間が続くのだろう。

それを思うと、嬉《うれ》しくて嬉しくて仕方ない。

しほ、ありがとう。

俺を好きになってくれて、ありがとう。

俺も、せいいっぱい愛情を返すよ。

君にもらった分の……いや、それ以上の幸せを、約束する。

「……幸太郎くん、返事はまだかしら」

感極まって少し無言が長かっただろうか。
待てないと、そう言わんばかりにしほが唇を尖《とが》らせている。
いつもみたいに子供っぽくなった彼女を見て、俺は思わず笑ってしまった。
答えはもちろん一つしかない。

「よろしくお願いします」

……こうして、俺たちは恋人になった。
霜月さんとモブのラブコメは終わる。
そして今度は、しほと幸太郎という恋人同士のラブコメが、始まるのだ——。

〔了〕

余談　とあるクリエイター(化物)の総括

夕暮れ時。

茜《あかね》色に染まる空の下、ピンク色の少女は校門にもたれかかって校舎を見上げていた。

「なぜ？」

そんな彼女に、問う。

深紅の瞳を、強くにらみながら。

「ワタシの言う通りにしていれば、キミはまだコウタロウを好きなままでいられたはずだ。終わったと思った初恋が再び蘇《よみがえ》るかもしれなかったのに」

「うるさいわね。ちょっと黙りなさいよ……今、感傷に浸っているんだから」

ワタシの小言を耳にしてなお、彼女はこちらを見ない。

その視線の先は、シホとコウタロウの告白が行われている一年二組の教室だ。

「告白、ちゃんとうまくいったかしら」

「ああ。それはもう、心配する必要なんてないくらい綺麗《きれい》にうまくいくだろうね」

「それは何よりね。まぁ、終わったのなら早くここに来てほしいものよ……一緒におじいちゃんのお見舞いに行こうって、さっき約束したのに」

ワタシの言葉で安心したのか、ピンク色の少女……クルリは目を閉じて息をついた。

それからようやく、こちらを見てくれた。

「残念だったわね。あんたの思い通りにならなくて」

「ああ、心からそう思っているところだよ……クルリ、聞かせてくれよ。どうしてキミは、自ら勝てるラブコメを捨てた？」

解せない。納得できない。彼女の意思が、分からない。

「コウタロウのこと、好きだったんだろう？　未練があったから、大嫌いなワタシの手を借りてまで……初恋を成就させたかったくせに、どうして？」

「ええ。そうね、大好きだったたし、未練があったわ。それは間違いない」

肯定しないでくれよ。

そのせいで余計に混乱しそうだった。

「クリスマスに、久しぶりにこの街に戻ってきて……通りかかった家で偶然、霜月《しもつき》とこーたろーを見た時は本当に驚いたし、切なかったわ。今度こそ、こーたろーに女の子として接しようと思ってたのに、ね」

それは前に聞いた。

クソジジイの入院にあたって転校することになったキミは、長年胸に秘めていた思いをようやく叶《かな》えようと思い立ったのだろう？

髪の毛を伸ばして、男性が好きそうな長い黒髪にして、女の子らしくなった姿を披露してコウタロウを驚かせようとしていた矢先に、彼女はクリスマスの場面に遭遇した。

「彼があたし以上に好きな女の子と出会ってて、本当に……後悔した」

それも知っている。

ショックのあまり、衝動的に髪をピンク色に染めて、ツインテールになったことも把握していた。髪型を変えて心機一転したつもりみたいだったけれど、やっぱりそれはうまくいかなかったようで……そんなころに、ワタシが話しかけた。

心の弱っていた彼女はまんまとワタシの口車に乗ってくれた。

てっきり、ワタシの思い通りになってくれると、そう思ったのに……！

「だから決めたのよ。『これ以上後悔しないように、二人のことを応援しよう』って。こーたろーと霜月が幸せになってくれたら、あたしが入り込む余地はないでしょう？」

「……強がりだね。だったらどうして、ワタシの指示に従ったんだい？　まだ未練があって、コウタロウと恋人になる可能性にすがりついていたのだろう？」

「ふふっ……ああ、なるほどね。あんたはそう思っているから、怒っているの？　あたしの行動が理解できなくて、動揺してるってわけね」

クルリは笑う。

冷たい嘲笑を、ワタシに浴びせた。

「勘違いしないでね。最初からあたしはあんたのことなんて信じてなかった。思い返してみなさい？　あたしは一度としてあんたの言葉に同意してないわよ。あんたにかかわった理由は、あんたの策をすべて把握しておきたかっただけだから」

「――っ」

やっぱりこの女は……かわいくない。

まぎれもなく、メアリーの『天敵』だった。

「この気持ちだけは弄ばれたくなかった。あんたがあの二人にちょっかいを出しているのは、事前に聞いてたのよ。だからあえて近づいた。裏切るために、ね……ただそれだけ」

賢《さか》しい。

コウタロウにかかわらない彼女は、ワタシに匹敵する知性を持つ天才だ。

本当に厄介だよ。過去、ビジネスの場で彼女の祖父であるクソジジイにも手を焼かされたけれど……その血と才を継ぐクルリも危険であることに変わりはなさそうだった。

「あ、それからね？　さっき、おじいちゃんから電話があったのよ。手術は無事に終わって、成功したわ」

「……それで？　死のうが生きようが、ワタシには興味がないけれどね」

「伝言があるのよ。その電話口で言ってたわ。『バケモノよ。裏でこそこそ動いていたのは知っておるぞ？　今までは好きにさせていたが……孫娘のためじゃ。これから貴様を排除する。儂《わし》の寿命すべてを費やしてでもな』ですって」

　孫娘のため？

　それはつまり……クルリと、あとはシホのためか。

「ちっ。そのままくたばっていればいいものを……クソジジイがっ」

　嫌な予感がした。

　この流れは、知っている。

　かつて、初めてシホに敵対した『文化祭』の時とそっくりなのだ。

　これから、世界のすべてがワタシの敵となる。

　メインヒロインに手をかけるということは、そういうことなのだ。

　ご都合主義というものは本当に恐ろしい。コウタロウとシホの幸せなラブコメにワタシはもう邪魔なはずだから……徹底的に排除しようとしてくるだろう。

「やれやれ。また理不尽と戦わないといけないのか……面倒だよ、本当に」

　肩をすくめて、思わず苦笑してしまった。

　いや、文化祭直後のことを思い出すと、笑わないとやってられなかった。

　上等だ、受けて立つよ。しっかりとやりすごしてみせるさ……ワタシは天才だからね。

「……あんた、メイド服が似合うのね」

ちなみに今日、ワタシはチリのメイド喫茶で働いた帰りである。

最近はもうすっかり着慣れたメイド服を見て、クルリはニヤリと笑った。

「母がメイド好きなのよ。自分がメイドになるくらい大好きらしいから……すべてを失ったら、あたしの家に来なさい？　そこそこ好待遇で雇ってあげるわ」

「……うるさい」

残念ながら今のワタシは機嫌がよろしくないみたいだ。

これ以上彼女と話していても気分が悪くなるだけだったので、逃げるようにその場を去った。この後はもちろん、ワタシは苦労することになるけれど……それは説明するまでもないことだろう。

かくして、メインヒロインとモブの物語は終わった。

ワタシの心配していたような『引き延ばし』や『惰性』ではなくなったけれど、三角関係でもないから、本当に残念である。

クルリとシホがコウタロウを奪い合う泥沼のラブコメも見たかったなぁ。

はぁ……これから紡がれるのは、物語にするまでもないようなお話になるだろう。

ただただ幸せなだけの平穏な『イチャイチャラブコメ』が、これから延々と続く。

それが本当に、残念だよ――。

あとがき

作中でメアリーも言ってますが、ラブコメのゴールは『恋人になること』だと思います。

でも、僕は作品をゴールに導いてあげられたことがありません。

だからこそ、第四巻は僕にとって本当に特別な作品になりました。

しほちゃんと幸太郎の恋の結末を、書いてあげられて良かった。

この二人が幸せでいられることを、誰よりも僕は幸せに思います。

いつもいつも、作品を世に出しても後悔と不甲斐なさばかりで。

今まで、作品を大切にしてあげられないことを、読者の皆様に申し訳なく思ってきました。

でも、本作はようやく、後悔のない作品になりました。

しほちゃん。幸太郎。君たちの幸せを、僕は誰よりも願っているよ。

これからも末永く、幸せでいられますように。


以下、謝辞となります。

担当編集様。作品のことだけでなく、僕個人のことも気にかけてくれてありがとうございます。まだまだ未熟な人間にもかかわらず、ここまでがんばれているのは担当編集様のおかげです。いつも助けられております！

イラストのＲｏｈａ様。描いてくれるしほちゃんの笑顔を見ると元気がもらえます。一緒にお仕事ができたことを、すごく光栄に思います！

コミカライズのきぐるみ様。漫画、いつも楽しませていただいております。原作を大切にしてくれるその思いがとても嬉しいです。これからもよろしくお願いします！

ＧＣＮ文庫様。フェアやキャンペーンなど、たくさんのイベントをありがとうございます！　おかげさまで、この作品は本当に幸せで温かい一作になりました。

そして最後に、いつも応援してくださる読者様！

霜月さんはモブが好きを愛してくれて、ありがとうございます。

僕の作品を楽しんでくれて、ありがとうございます。

心より、皆様への感謝を。

これからもどうか、よろしくお願いします！

八神鏡

ファンレター、作品のご感想をお待ちしています！

【宛先】
〒104-0041
東京都中央区新富1-3-7　ヨドコウビル
株式会社マイクロマガジン社
GCN文庫編集部

八神鏡先生 係
Roha先生 係

【アンケートのお願い】

右の二次元バーコードまたは
URL（https://micromagazine.co.jp/me/）を
ご利用の上、本書に関するアンケートにご協力ください。

■スマートフォンにも対応しています（一部対応していない機種もあります）。
■サイトへのアクセス、登録・メール送信の際の通信費はご負担ください。

本書はWEBに掲載されていた物語を、加筆修正のうえ文庫化したものです。
この物語はフィクションであり、実在の人物、団体、地名などとは一切関係ありません。

GCN文庫

霜月《しもつき》さんはモブが好《す》き④

2022年12月26日　初版発行

著者　八神鏡《やがみかがみ》

イラスト　Roha《ろは》

発行人　子安喜美子

装丁　山﨑健太郎(NO DESIGN)
DTP／校閲　株式会社鷗来堂

印刷所　株式会社エデュプレス

発行　株式会社マイクロマガジン社
〒104-0041　東京都中央区新富1-3-7　ヨドコウビル
[販売部] TEL 03-3206-1641／FAX 03-3551-1208
[編集部] TEL 03-3551-9563／FAX 03-3551-9565
https://micromagazine.co.jp/

ISBN978-4-86716-374-0 C0193
©2022 Yagami Kagami ©MICRO MAGAZINE 2022 Printed in Japan

定価はカバーに表示してあります。
乱丁、落丁本の場合は送料弊社負担にてお取り替えいたしますので、
販売営業部宛にお送りください。
本書の無断複製は、著作権法上の例外を除き、禁じられています。

あの日変わった
――捕まえたっ
少年《モブ》の運命――

誰に対しても無表情だったはずの彼女が
『あなただけ』に見せる
無邪気な表情――
いつしか心が 温かいもので
満たされていく――
霜月さんはモブが好き
きぐるみ
八神鏡
Roha
◀コミックライドにて【好評連載中】

GCN文庫

「美人でお金持ちの彼女が欲しい」と言ったら、ワケあり女子がやってきた件。

「美人でお金持ちの彼女が欲しい」と言ったら、ワケあり女子がやってきた件。
When I said "I want a beautiful and rich girlfriend," A girl with her own reason came to me.
小宮地千々
イラスト：Re岳
GCN文庫

ある日、降って湧いたように始まった——恋？

顔が良い女子しか勝たん？　噂のワケあり美人、天道つかさの婚約者となった志野伊織（童貞）は運命に抗う!婚約お断り系ラブコメ開幕!

小宮地千々　イラスト：Re岳

■文庫判／①～②好評発売中

GCN文庫

クラスメイトの元アイドルが、とにかく挙動不審なんです。

ありふれない彼女の、
ありふれた恋の物語。

一条卓也のクラスには、元国民的アイドルの三枝紫音がいる。いつも明るい彼女は卓也のバイト先に現れる時、何故か挙動不審で……？

こりんさん　イラスト：kr木

■文庫判／①～②好評発売中

GC NOVELS

史上最強の大賢者、転生先がぬいぐるみでも最強でした

絆の力で魔王を倒せ!
転生ぬいぐるみファンタジー

伝説の大賢者がぬいぐるみに転生しちゃった!?　拾ってくれた魔法使い志望のティアナと一緒に、魔王を倒して世界を救え!

ジャジャ丸　イラスト：わたあめ

■B6判／①～③好評発売中